中国名家经典集

郁达夫经典散文集

江晓英◎主编
郁达夫◎著

中国文史出版社

图书在版编目（CIP）数据

郁达夫经典散文集/郁达夫著. —北京：中国文史出版社，2021.1（2023.6 重印）

（中国名家经典集）

ISBN 978-7-5205-2809-2

Ⅰ. ①郁… Ⅱ. ①郁… Ⅲ. ①散文集-中国-现代 Ⅳ. ①I266

中国版本图书馆 CIP 数据核字（2020）第 250706 号

责任编辑：刘　夏
封面设计：周　飞

出版发行：中国文史出版社
社　　址：北京市海淀区西八里庄路 69 号　邮编：100036
电　　话：010-81136606　81136602　81136603（发行部）
传　　真：010-81136655
印　　装：三河市刚利印务有限公司
经　　销：全国新华书店
开　　本：880×1230　1/32
印　　张：56　字数：1200 千字
版　　次：2021 年 3 月北京第 1 版
印　　次：2023 年 6 月第 2 次印刷
定　　价：248.00 元（全 8 册）

前言

中国现代文学的时间跨度大致从1919年五四运动始，到1949年中华人民共和国成立止。从五四新文化运动到1937年抗战爆发为其前半期，从抗战爆发到新中国成立为后半期。

进入20世纪，世界列强把中国变成了半封建半殖民地的国家，民族危机感对20世纪中华民族的文化心理产生了不可估量的影响，以“天下之中”自诩的中华当政者再也撑不下去了。现代与传统、新思潮与旧意识的斗争愈演愈烈。

先是“白话文运动”，接着就是陈独秀和胡适极力倡导的文学现代化。如同打开了闸门的洪水，现代文学以汹涌澎湃之势，义无反顾地冲决一切阻力，不可遏止地成就了一片汪洋。从此，一种崭新的文学形态在深重的危机感和中国古典文学厚重的土壤上诞生了。

进入20世纪20年代，现代文学的影响和实践范围进一步拓展，由泛泛的思想和宣传转化为具体而专门的文学实践。

全国各大城市风起云涌般地出现了种种刊物，报纸也纷纷办起了副刊，有意无意地发表了许多散文、小说、小品等白话文学作品，一时竟蔚成风气，为现代文学开辟了阵地。全国各地也涌现出了许多青年文学社团，造就了一大批卓有建树的现代文学作家。一时间，写散文、写小说、写诗歌、写小品、写剧本，翻译欧、美、日文学作品，出专集、出结集、出选集……蔚为大观。

现代文学的作者们在自己的作品中生动地抒写了自己的禀性、气质、情思、嗜好、习惯、修养、人生经历和人生哲学，生动地表现了自己的思想感情和人格，无情地撕破了道貌岸然的面具，彻底地反对封建主义桎梏，彻底摒弃了为圣人解经、为圣人立言的旧思想、旧传统，字里行间充满了民族觉醒和自我解放，这反映了作者们由封闭型思维体系向开放型思维体系的转化，亦即由自我完善、自我调节、自我延续向面对世界、面对新潮、面对社会人生转化。

当然，各作者的经历不同，其间中西、新旧、激进与保守思想的差异也必然存在。但无论如何，中国现代作家自觉地将文学的内容和形式与时代联系起来，共同地为现代文学规定了明确的目的：文学的创作是这样一种时代的工作，它本身是历史向未来过渡的一个重要部分。而未来，必然是比当时更加美好的、更有希望的。

中国现代文学史早期最重要的作家中就有郁达夫。

郁达夫（1896—1945），本名郁文，字达夫，浙江富阳人。早年入私塾受启蒙教育，后到嘉兴、杭州等地中学读书。1913 年随哥哥赴日本留学，学经济专业，后转向文学创作。1921 年和郭沫若一起创办创造社，并开始小说创作。郁达夫一生著述甚丰。1930 年参加中国左翼作家联盟。1945 年在苏门达腊被日本宪兵杀害。

郁达夫是 20 世纪 20 年代中国现代文学中仅次于鲁迅的最重要小说家之一。郁达夫自称自己身上有三重精神要素：对大自然的迷恋；向空远的渴望；远游之情。这些反映到他的作品中，形成善于写风景、回归大自然的郁达夫的特色。

“五四”运动的主题可以概括为“人的发现”。但中国现代文学中“自我”的范围是极不稳定的。每个人在当时社会秩序迅速崩溃的现实中大多是找不到归属感的，郁达夫也是其中之一。郁达夫的作品所呈现出的颓废和病态正是一种历史危机时刻主体性漂泊不定的反映。郁达夫的“自叙传”的小说形式也正是在这个意义上显示了更深刻的文学价值。

本书选编了郁达夫的大部分作品，充分体现了作者的思想、才华和艺术取向。

目　录

散　文

散　文

杭江小历纪程

一九三三年十一月九日，星期四，晴爽。

前数日，杭江铁路车务主任曾荫千氏，介友人来谈，意欲邀我去浙东遍游一次，将耳闻目见的景物，详告中外之来浙行旅者，并且通至玉山之路轨，已完全接就，将于十二月底通车，同时路局刊行旅行指掌之类的书时，亦可将游记收入，以资救济 Baedeker 式的旅行指南之干燥。我因来杭枯住日久，正想乘这秋高气爽的暇时，出去转换转换空气，有此良机，自然不肯轻易放过，所以就与约定于十一月九日渡江，坐夜车起行。

午后五时，赶到三廊庙江边，正夕阳晻暖，萧条垂暮的时候。在码头稍待，知约就之陈万里郎静山二先生，因事未来。登轮渡江，尚见落日余晖，荡漾在波头山顶，就随口念出了“落日半江红欲紫，几星灯火点西兴”的两句打油腔。渡至中流，向大江上下一展望，立时便感到了一种莫名其妙的愉快，大约是因近水遥山，视界开阔了的缘故；“心旷神怡”的四字在这里正可以适用，向晚的钱塘江上，风景也正够得人留恋。

到江边站晤曾主任，知陈郎二先生，将于十七日来金华，与我们会合，因五泄、北山诸处，陈先生都已到过，这一回不想再去跋涉，所以夜饭后登车，车座内只有我和曾主任两人而已。

两人对坐着，所谈者无非是杭江路的历史和经营的苦心之类。

缘该路的创设，本意是在开发浙东；初拟的路线，是由杭州折向西南，遵钱塘江左岸，经富阳、桐庐、建德、兰溪、龙游、衢县、江山而达江西之玉山，以通信江，全线长三百零五公里。后因大江难越，山洞难开，就改成了目下的路线，自钱塘江右岸西兴筑起，经萧山、诸暨、义乌、金华、汤溪、龙游、衢县、江山，仍至江西之玉山，计长三百三十三公里；又由金华筑支线以达兰溪，长二十二公里。建筑经费，因鉴于中央财政之拮据，就先由地方设法，暂作为省营的铁路。省款当然也不能应付，所以只能向管理中英庚款董事会及沪杭银行团等商借款项，以资挹注。正唯其资本筹借之不易，所以建筑、设备等事项，也不得不力谋省俭，勉求其成。计自民国十八年筹备开始以来，因省政府长官之更易而中断之年月也算在内，仅仅于两三年间，筑成此路，而每公里之平均费用，只三万余元，较之各国有铁路，费用相差及半，路局同人的苦心计划，也真可以佩服的了。

江边七点过开车，达诸暨是在夜半十点左右。车站在城北两三里的地方，头一夜宿在诸暨城内。

诸暨五泄

十一月十日，星期五，晴快。

昨晚在夜色微茫里到诸暨，只看见了些空空的稻田，点点的灯火，与一大块黑黝黝的山影。今晨六时起床，出旅馆门，坐黄包车去五泄，虽只晨光晞暝，然已略能辨出诸暨县城的轮廓。城西里许有一大山障住，向西向南，余峰绵亘数十里，实为胡公台，亦即所谓长山者是。长山之所以称胡公台者，因长山中之一峰陶朱山头，有一个胡公庙在，是祀明初胡大将军大海的地方。五泄在县西六十里，属灵泉乡，所以我们的车子，非出北门，绕过胡公台的山脚，再朝西去行。

出城将十里，到陶山乡的十里亭，照例黄包车要验票，这也是诸暨特有的一种组织。因为黄包车公司，是一大集股的民营机关，所有乡下的行车道路，全系由这公司所修筑；车夫只须觅保去拉，所得车资，与公司分拆，不拉休息者不必出车租；所以坐车者，要先向公司去照定价买票，以后过一程验一次，虽小有耽搁，但比之上海杭州各都市的讨价还价，却简便得多。过陶山乡，太阳升高了，照出了五色缤纷的一大平原，乌桕树刚经霜变赤，田里的二次迟稻——大半是糯谷——有的尚未割起，映成几片金黄，远近的小村落，晨炊正忙，上面是较天色略白的青烟，而下面却是受着阳光带一些些微红的白色高墙。长山的连峰，缭绕在西南，北望青山一发，牵延不断，按县志所述，应该是杭乌山的余脉，但据车夫所说，则又是最高峰鸡冠山拖下来的峰峦。

从十里亭起，八里过大唐庙，四里过福缘桥，桥头有合溪亭，一溪自五泄西来，一溪又自南至，到此合流。又三里到草塔，是一大镇，尽可以抵得过新登之类的小县城，市的中心，建有数排矮屋，为乡民集市之所，形状很像大都市内的新式菜场。草塔居民多赵姓，所以赵氏宗祠，造得很大，市上当然又有一验票处。过此是五泉庵，遥望杨家溇塔，数里到避水岭，已经是五泄的境界了。

避水岭上，有一个庙，庙外一亭，上书“第一峰”三字。岭下北面，就是五泄溪。登岭西望，低洼处，又成一谷，五泄的胜景，到此才稍稍露出了面目；因为过岭的一条去路，是在山边开出，向右手下望谷中，有红树青溪，像一个小小的公园。岭西山脚下，兀立着一块岩石，状似人形，车夫说：

“这就是石和尚，从前近村人家娶媳妇，这和尚总要先来享受初夜权，后来经村人把和尚头凿了，才不再作怪。”

大约县志上所说的留仙石，上镌有“谢元卿结茅处”六字的地方，总约略在这一块石壁的近旁。

自第一峰——避水岭——起，西行多小山，过一程，就是一环山，再过一程，又是一个阪；人家点点，山影重重，且时常和清流澈底的五泄溪或合或离，令人有重见故人之感。过西墙弄的桥边，至里坞下来，眼界又一广；经徐家山下，到青口镇，黄包车就不能走了，自青口至五泄的十余里，因为溪水纵横，山路逼仄，车路不很容易修建，所以再往前进，就非步行或坐轿子不可。

自青口去，渡溪一转弯，就到夹岩。两壁高可百丈，兀立在溪的南北，一线清溪，就从这岩层很清的绝壁底下流过。仰起来看看岩头，只觉得天的小，俯下去看看水，又觉得溪的颜色有点清里带黑，大约是岩壁过高，壁影覆在水面上的缘故。我虽则没有到过来茵、多瑙的河边，但立在夹岩中间，回头一望，却自然而然地想起了学习德文的时候，在海涅的名诗《洛米拉兮》篇下印在那里的那张美国课本上的插画。

夹岩北壁中，有一个大洞，洞中间造了一个庙，这庙的去路，是由夹岩寺后的绝壁中间开凿出来的，我们爬了半天，滑跌了几次，手里各捏了两把冷汗，几乎喘息到回不过气来，才到了洞口；到洞一望，方觉悟到这一次爬山的真不值得。因为从谷底望来，觉得这洞是很高，但到洞里一看，则头上还是很高的石壁，而对面的那块高岩，依旧同照壁似的障在目前，展望不灵，只看见了几丝在谷底里是很不容易见到的日光而已。

从夹岩西北进，两三里路中间，是五泄的本山了；一步一峰，一转一溪，山峰的尖削，奇特，深幽，灵巧，从我所经历过的山水比较起来，只有广西肇庆以西的诸峰岩，差能和它们比比，但秀丽怕还不及几分。

好事的文人，把五泄的奇岩怪石，一枝枝都加上了一个名目，什么石佛岩啦，檀香窟啦，朝阳峰，碧玉峰，滴翠峰，童子峰，老人峰，狮子峰，卓笔峰，天柱峰，棋盘峰……峰啦，多到七十二峰，二十五岩，一洞，三谷，十石，等等，真像是小学生的加法算学课本，我辨也辨不清，抄也抄不尽了，只记一句从前徐文长有一块石碣，刻着“七十二峰深处”的六字，嵌在五泄永安禅寺的壁上——现在这石碣当然是没有了——其余的且由来游的人自己去寻觅拟对吧！

五泄寺，就是永安禅寺，照志书上说，是唐元和三年灵默禅师之所建。后来屡废屡兴，名字也改了几次，这些考据家的专门学问，我们只能不去管它；可是现在的寺的组织，却真有点奇怪。寺里的和尚并不多，吃肉营生——造纸种田——同俗人一点儿也没有分别，只少了几房妻妾，不生小孩，买小和尚来继承的一事，和俗人小有不同。当家和尚，叫做经理，我们问知客的那位和尚经理僧在哪里呢？他又回答说：上市去料理事务去了。寺的规模虽大，但也都坍败得可以，大雄宝殿、山门之类，只略具雏形，唯独所谓官厅的那一间客厅，还整洁一点，上面挂着有一块刘墉写的双龙湫室的旧匾，四壁倒也还有许多字画挂在那里。

在客厅西旁的两间小室里吃过饭后，和尚就陪我们去看五泄；所谓五泄者，就是五个瀑布的意思，土人呼瀑布为泄，所以有这一个名称。最下的第五泄，就在寺后西北的坐山脚下，离寺有三百多步样子，高一二十丈，宽只一二丈，因为天晴得久了，泄身不广，看去也只是一个平常的瀑布而已。奇怪的是在这第五泄上面的第一、二、三、四各泄，一道溪泉，从北面西面直流下来，经过几折山岩，就各成了样子，水量、方向各不相同的五个瀑布。我们爬山过岭，走了半天，才看见了一、二、三的三个瀑布，第四泄却怎么也看不到。凡不容易见到的东西，总是好的，所以游客，各以见到了第四泄为夸，而徐霞客、王思任等做的游记，也写得它特别的好而不易攀登。总之，五泄原是奇妙，可是五泄的前后上下，一路上的山色溪光，我觉得更是可爱。至如西龙潭——我们所去的地方，即五泄所在之处，名东龙潭——的更幽更险，第一泄上刘龙子庙前的自成一区，北上山巅，站在响铁岭岭头眺望富阳紫阆的疏散高朗，那又是锦上之花，弦外之音了，尤其是寺前去西龙潭的这一条到浦江的路上的风光，真是画也画不出来，写也写不尽言的。

上面曾说起了刘龙子的这一个名字，所谓刘龙坪者，是五泄山中的一区特异的世外桃源。坪上平坦，有十几二十亩内外的广阔，但四周围却都是高山，是山上之山，包围得紧紧贴贴；一道溪泉，从山后的紫阆流来，由北向西向南，复折回来，在坪下流过，成了第一泄的深潭；到了这里，古人的想象力就起了作用，创造出神话来了；万历《绍兴府志》说：

> 晋时刘姓一男子，钓如五泄溪，得骊珠吞之，化龙飞去，人号刘龙子，其母墓在撞江石山，每清明龙子来展墓，必风雨晦暝；墓上松两株，至今奇古可爱，相传为龙子手植云。

同这一样的传说，凡在海之滨、山之瀑，与夫湖水江水深大的地方，处处都有，所略异者，只名姓年代及成龙的原因等稍有变易而已。

我们因为当天要赶到县城，以后更有至闽边赣边去的预定，所以在五泄不能过夜，只走马看花，匆匆看了一个大概；大约穷奇探胜，总要三五日的工夫，在五泄寺打馆方行，这么一转，是不能够领略五泄的好处的。出寺从原路回来，从青口再坐黄包车跑回县治，已经是暗夜的七点钟了；这一晚又在原旅馆住了一宵。

诸暨苎萝村

十一月十一日，星期六，晴朗如前。

昨夜因游倦了，并去诸暨城隍庙国货商场的游艺部看了一些戏，所以起来稍迟。去金华的客车，要近午方开，八点钟起床后，就出南门上苎萝山去偷闲一玩。山城行一二里，在五湖闸之下，有一小山，当浦阳江的西岸，就是白阳山的支峰苎萝山，山西北面的苎萝村，是今古闻名的美人西施的生地。有人说，西施生在江的东面金鸡山下郑姓家，系由萧山迁来的客民之女，外祖母在江的西面姓施，西施寄住在外祖母家，所以就生长在苎萝村里。幼时常在江边浣纱，至今苎萝山下，江边石上，还有晋王羲之写的“浣纱”两字，因此，这一段江就名作浣纱溪。古今来文人墨客，题诗的题诗，考证的考证，聚讼纷纭，到现在也还没有一个判决，妇人的有关国运，易惹是非，类都如此。

苎萝山，系浣纱江上的一座小山，溪水南折西去，直达浦江，东面隔江望金鸡山，对江可以谈话。苎萝山上进口处有“古苎萝村”四字的一块小木牌坊，进去就是西施庙，朝东面江，南面新建一阁，名北阁，中供西施石刻像一尊。经营此庙者，为邑绅清孝廉陈蔚文先生，庙中悬挂着的匾额对联石刻之类，都是陈先生的手笔。最妙者，是几块刻版的拓本，内载乩盘开沙时，西施降坛的一段自白，辩西施如何的忠贞两美，与夫范蠡献西施，途中历三载生子及五湖载去等事的诬蔑不通。庙前有洋楼三栋，本为图书馆，现在却已经锁起不开了。

管西施庙的，是一位中老先生。这位先生，是陈氏的亲戚，很能经营。陪我们入座之后，献茶献酒，殷勤得不得了；最后还拿出几张纸来，要我们留一点墨迹。我于去前山看了未完成的烈士墓及江边镌有“浣纱”两字的浣纱石后，就替他写了一副对，一张立轴。对子上联是定公诗“百年心事归平淡”，下联是一句柳亚子先生题我的《薇蕨集》的诗“十载狂名换苎萝”。亚子一生，唯慕龚定庵的诡奇豪逸，而我到此地，一时也想不出适当的对句，所以勉强拉拢了事，就集成了此联。立轴上写的，是一首急就的绝句：

五泄归来又看溪，浣纱遗迹我重题，
陈郎多事搜文献，施女何妨便姓西。

暗中盖也有一点故意在和陈先生捣乱的意思。

玩苎萝山回来，十一点左右上杭江路客车，下午三点前，过义乌。车路两旁的青山沃野，原美丽得不可以言喻，就是在义乌的一段，夕阳返照，红叶如花，农民驾驶黄牛在耕种的一种风情，也很含有着牧歌式的画意；倚窗呆望，拥鼻微吟，我就哼出了这样的二十八字：

骆丞草檄气堂堂，杀敌宗爷更激昂，
别有风怀忘不得，夕阳红树照乌伤。

骆宾王、宗泽都是义乌人。而义乌金华一带系古乌伤地，是由秦孝子颜乌的传说而来的地名。

下午三点过，到金华，在金华双溪旁旅馆内宿，访旧友数辈，明日约共去北山。

金华北山

十一月十二日，星期日，晴。

金华的地势，实在好不过。从浙江来说，它差不多是坐落在中央的样子。山脉哩，东面是东阳义乌的大盆山的余波，为东山区域；南接处州，万山重叠，统名南山；西面因有衢港钱塘江的水流密布，所以地势略低；金华江蜿蜒西行，合于兰溪，为金华的唯一出口，从前铁道未设的时候，兰溪就是七省通商的中心大埠。北面一道屏障，自东阳大盆山而来，绵亘三百余里，雄镇北郊，遥接着全城的烟火，就是所谓金华山的北山山脉了。

北山的名字，早就在我的脑里萦绕得很熟，尤其是当读《宋学师承》及《学案》诸书的时候，遥想北山的幽景，料它一定是能合我们这些不通世故的蠹书虫口味的。所以一到金华，就去访北山整理委员会的诸公，约好于今日侵晨出发；绳索，汽油灯，火炬，电筒，食品之类，统托中国旅行社的姜先生代为办好，今早出迎恩门北去的时候，七点钟还没有敲过。

北山南面的支峰距城只二十里左右，推算起北山北面的山脚，总在七八十里以外了；我们一出北郊，腰际被晓烟缠绕着的北山诸顶，就劈面迎来，似在监视我们的行动。芙蓉峰尖若锥矢，插在我们与北山之间，据说是县治的主脉。十里至罗店，是介在金华与北山正中的一大村落。居民于耕植之外，更喜莳花养鹿，半当趣味，半充营业，实在是一种极有风趣的生涯。花多株兰，茉莉，剑兰，亦栽佛手；据村中人说，这些植物，非种入罗店之泥不长，非灌以双龙之泉不发，佛手树移至别处，就变作一拳，指爪不分了。

自罗店至北山，还有十里，渐入山区，且时时与自双龙洞流出的溪水并行；路虽则崎岖不平，但风景却同嚼蔗近根时一样，渐渐地加上了甜味。到华溪桥，就已经入了山口，右手一峰，于竹叶枫林之内，时露着白墙黑瓦，山顶上还有人家。导游者北山整理委员黄君志雄，指示着说：

“这就是白望峰，东下是鹿田，相传宋玉女在这近边耕稼，畜鹿，能入城市贸易，村民邀而杀之，鹿遂不返，玉女登峰白望，因有此名，玉女之坟，现在还在。”

这真是多么美丽的传说啊！一个如花的少女，一只驯良的花鹿，衔命入城，登峰遥望，天色晚了，鹿不回来，一声声的愁叹，一点点的泪痕，最后就是一个抑郁含悲的死！

过白望峰后，路愈来愈窄，亦愈往上斜，一面就是万丈的深溪，有几处泡沫飞溅，像六月里的冰花；溪里面的石块，也奇形怪状，圆滑的圆滑，扁平的扁平，我想若把它们搬到了城里，则大的可以镶嵌做屏风装饰，小的也可以做做小孩的玩物。可是附近的居民，于见惯之后，倒也并不以为稀奇了。沿溪入山，走了一二里的光景，就遇着了一块平地，正当溪的曲处；立在这一块地上，东西北三面的北山苍翠，自然是接在眉睫之间，向南远眺，且可以看见南山的一排青影，北山整理委员会的在此建佛寿亭，识见也真不错；只亭未落成，不能在亭上稍事休息，却是恨事。从这里再往前进，山路愈窄亦愈曲，不及二里，就到了洞口的小村，双龙洞离这村子，只有百余步路了，我们总算已经到了我们的目的地点。

北山长三百余里，东西里外数十余峰，溪涧，池泉，瀑布，山洞，不计其数；但为一般人所称道，凡游客所必至，与夫北山整理委员会第一着手整理之处，就是道书所说的“第三十六洞天”的朝真、冰壶、双龙的山洞。三洞之中，朝真最大，亦最高，洞系往上斜着，非用梯子，不能穷其底，中为冰壶，下为双龙。

我们到双龙洞，已将十一点钟。外洞高二十余丈，广深各十余丈，洞口极大，有东西两口，所以洞内光线明亮，同在屋外一样。整理委员会正在动工修理，并在洞旁建造金华观，洞中变成了作场的样子；看了些碑文、石刻之后，只觉得有点伟大而已，另外倒也说不出什么的奇特。洞中间，有一道清泉流出，岁旱不涸，就是所谓双龙泉水，溯泉而进，是内洞了。

原来这一条泉水，初看似乎是从地底涌出来似的，水量极大；再仔细一看，则泉上有一块绝大的平底岩石覆在那里，离水面只数寸而已。用了一只浴盆似的小木船，人直躺在船底，请工人用绳索从水中岩石底推挽过去，岩石几乎要擦伤鼻子，推进一二丈路，岩石尽，而大洞来了，洞内黑到了能见夜光表的文字，这就是里洞。

里洞高大和外洞差仿不多，四壁琳琅，都是钟乳岩石，点上汽油灯一照，洞顶有一条青色一条黄色的岩纹突起，绝像平常画上的龙，龙头龙爪龙身，和画丝毫不爽，青龙自东北飞舞过来，黄龙自西北蜿蜒而至。向西钻过由钟乳石结成的一道屏壁间的小门，内进曲折，有一里多深；两旁石壁，青白黄色的都有，形状也歪斜迭皱，有像象身的，有像狮子的，有像凤尾的，有像千缕万线的女人的百裥裙的，更有一块大石像乌龟的；导游的黄君，一一都告诉我了些名字，可惜现在记不清了。这里洞内一里多深的路，宽广处有三五丈，狭的地方，也有一二丈。沿外壁是一条溪泉，水声淙淙，似在奏乐；更至一处离地三尺多高的小岩穴旁，泉水直泻出来，形成了一个盆景里的小瀑布。洞的底里，有一处又高又圆方的石室，上视室顶，像一个钟乳石的华盖，华盖中央，下垂着一个球样的皱纹岩。

这里洞的两壁，唐宋人的题名石刻很多，我所见到的，以庆历四年的刻石为最古。石室内的岩上，且有明万历年间游人用墨写的“卧云”两字题在那里，墨色鲜艳，大家都疑它是伪填年月的，但因洞内空气不流通，不至于风化，或者是真的也很难说。清人题壁，则自乾隆以后，绝对没有了，盖因这里洞，自那时候起，为泥沙淤塞了的缘故。这一次旧洞新辟，我们得追徐霞客之踪，而来此游览者，完全要感谢北山整理委员会各委员的苦心经营，而黄委员志雄的不辞劳瘁，率先入洞，致有今日，功尤不小。

在洞里玩了一个多钟头，拓了二张庆历四年的题名石刻，就出来在外洞中吃午饭；饭后更上山，走了二三百步，就到了中洞的冰壶洞口。

冰壶洞，口极小，俯首下视，只在黑暗中看得出一条下斜的绝壁和乱石泥沙。弓身从洞口爬入，以长绳系住腰际，滑跌着前行，则愈下愈难走，洞也愈来得高大。

前行五六十步，就在黑暗中听得出水声了，再下去三四十步，脸上就感得到点点的飞沫。再下降前进三五十步，洞身忽然变得极高极大，飞瀑的声音，振动得耳膜都要发痒。瀑布高十丈左右，悬空从洞顶直下，瀑身下广，瀑布下也无深潭，也无积水，所以人可以在瀑布的四周围行走。走到瀑布的背后，旋转身来，透过瀑布，向上向外一望，则洞口的外光，正射着瀑布，像一条水晶的帘子，这实在是天下的奇观，可惜下洞的路不便，来游者都不能到底，一看这水晶帘的绝景。

总之冰壶洞像一只平常吃淡芭菇的烟斗，口小而下大。在底下装烟的烟斗正中，又悬空来了一条不靠石壁流下的瀑布。人在大烟斗中走上瀑布背后，就可以看见烟嘴口的外光。瀑布冲下，水全被沙石吸去，从沙石中下降，这水就流出下面的双龙洞底，成为双龙泉水的水源。

因为在冰壶洞里跌得全身都是烂泥沙渍，并且脚力也不继了，所以最上面的朝真洞没有去成。据说三洞之中，以朝真洞为最大，但系一层一层往上进的，所以没有梯子，也难去得。我想山的奇伟处，经过了冰壶双龙的两洞，也总约略可以说说了，舍朝真而不去，也并没有什么大的遗憾。

在北山回来的路上，我们又折向了东，上芙蓉峰西的凤凰山智者寺去看了一回陆放翁写的《重修智者广福禅寺碑记》。碑面风化，字迹已经有一大半剥落，唯碑后所刻的陆务观致智者玘公禅师手牍，还有几块，尚辨认得清。寺的衰颓坍毁，和徐霞客在《游记》里所说的情形一样；三百年来，这寺可又经过了一度沧桑了。

北山的古迹名区，我们只看了十分之一，单就这十分之一来说，可已经是奇特得不得了了；但愿得天下太平，身体康健，北山整理会诸公工作奋进，则每岁春秋佳日，当再约伴重来，可以一尽鹿田，盘泉，讲堂洞，罗汉洞，卧羊山，赤松山，洞箬山，白兰山诸地的胜概。

兰溪横山

十一月十三日，星期一，晴快。

昨晚因游北山倦了，所以早睡，半夜梦醒，觉得是身睡在山洞的中间，就此一点，也可以证明山洞给我的印象的深刻。

晨起匆匆整装，上车站坐轨道汽车去兰溪。走了个把钟头，车只是在沿了北山前进，盖金华山的西头，要到兰溪才尽，而东头的金华山，则已于前日自诸暨来金华时火车绕过。此次南来，总算绕了金华山一匝，虽然事极平常，但由我这初次到浙东来游的野人看来，却也可以同小孩子似的向人夸说了。

在兰溪吃过午饭，就出西门江边，雇了一只小船，划上隔江西南面的横山兰阴寺去。

这横山并不高，也不长，状似棱形，从东面兰溪市上看来，一点儿也没有什么可取，但身到了此山，在东头灵源庙前上船，绕过南面一条沿江的山道，到兰阴寺前的小峰上去一望，就觉得风景的清幽潇洒，断不是富春江的只有点儿高远深静的山容水貌所能比得上的了。先让我来说明一下这横山的地势，然后再来说它的好处。

衢港远自南来，至兰溪而一折，这横山的石岩，就凭空突起，挡住了衢港的冲。东面呢，又是一条金华江水，迤逦西倾，到了兰溪南面，绕过县城，就和衢港接成了一个天然的直角。两水合并，流向北去，就是兰溪江、建德江，再合徽港，东北流去成了富春钱塘的大江。所以横山一朵，就矗立在三江合流的要冲，三面的远山，脚下的清溪，东南面隔江的红叶，与正东稍北兰溪市上的人家，无不一一收在眼底，像是挂在四面用玻璃造成的屋外的水彩画幅。更有水彩画所画不出来的妙处哩，你且看看那些青天碧水之中，时时在移动上下的一面一面的同白鹅似的帆影看，彩色电影里的外景影片，究竟有哪一张能够比得上这里？还有一层好处，是在这横山的去兰溪市的并不很远。以路来讲，只不过三五里路的间隔，以到此地来游的时间来说，则只须有两个钟头，就可以把兰溪的全市及附近的胜景，霎时游望尽了。

横山上有一个灵源庙，在东头山脚，前面已经说过了；朝南的山腰里，还有一个兰阴寺，说是正德皇帝到过的地方，现在寺前石壁里，还有正德御笔的“兰阴深处”四个大字刻在那里；寺上面一层，是一个观音阁，说是尼姑的庵；最上是山顶，一个钟楼，还没有建造成功哩。

大抵的游客，总由杭江路而至兰溪，在兰溪一宿，看看花船，第二天就匆匆就道，去建德桐庐，领略富春江的山水，对于这近在目前的横江，总只隔江一望，弃而不顾，实在是一件大可惋惜的事情。大约横山因外貌不佳，所以不能引人入胜，“蓬门未识绮罗香”，贫女之叹，在山水中间也是一样。

晚上有人请客，在三角洲边，江山船上吃晚饭。兰溪人应酬，大抵在船上，与在菜馆里请客比较起来，价并不贵，而菜味反好，所以江边花事，会历久不衰，从前在建德桐庐富阳闻家堰一带，直至杭州，各埠都有花舫，现在则只剩得兰溪衢州的几处了，九姓渔船，将来大约要断绝生路。

兰溪洞源

十一月十四日，星期二，晴朗。

去兰溪东面的洞源山游。

出兰溪城，东绕大云山脚，沿路轨落北，十里过杨清桥，遵溪向北向东，五里至山口，三里至洞源山之栖真寺。寺是一个前朝的古刹，下有赵太史读书处，书堂后面有一方泉水，名天池；寺右侧，直立着一块岩石，名飞来峰，这些都还平常；洞源山的出名，也是和北山一样，系以洞著称的。

这山当然是北山的余脉，山石也都是和北山一系的石灰水成岩，所以洞窟特别的多。寺前山下石灰窑边上，有涌雪洞，泉水溢出，激石成沫，状似涌雪，也是一个奇观，但我们因领路者不在，没有到。

寺后秃山丛里，有呵呵洞，因洞中有瀑布，呵呵作响，故名。再上山二里，有无底洞，是走不到底的。更西去里余，为白云洞。

我们因为在北山已经见识过山洞的奇伟了，所以各洞都没有进去，只进了一个在山的最高处的白云洞。白云洞洞口并不小，但因有一块大石横覆在口上，所以看去似乎小了，这石的面积，有三四丈长，一二丈宽，斜覆在洞口的正中，绝似一只还巢的飞燕。进洞行数十步，路就曲折了起来，非用火炬照着不能前进，略斜向下，到底也有里把路深。洞身并不广，最宽的地方，不过两三丈而已，但因洞身之窄，所以仰起头来看看洞顶，觉得特别的高，毛约约，可有二三十丈，洞顶洞壁，都是白色的钟乳层，中间每嵌有一块一块的化石；钟乳层纹，一套一套像云也像烟，所以有白云洞的名称。这洞虽比不上北山三洞的规模浩大，但形势却也不同，在兰溪多住了一天，看了这一个洞，算来也还值得。

栖真寺后殿，有藏经楼，中藏有明代《大藏经》半部，纸色装潢完好如新，还有半部，则在太平天国的时候毁去了。大殿的佛座下，嵌有明代诸贤的题诗石碣，叶向高的诗碣数方，我们自己用了半日的工夫，把它拓了下来。

饭后向寺廊下一走，殿外壁上看见了傅增湘先生的朱笔题字数行，更向壁间看了许多近人的题咏，自己的想附名胜以传不朽的卑劣心也起来了，因而就把昨夜在兰溪做的一个臭屁，也放上了墙头：

红叶清溪水急流，兰江风物最宜秋，
月明洲畔琵琶响，绝似浔阳夜泊舟。

放的时候，本来是有两个，另一个为：

阿奴生小爱梳妆，屋住兰舟梦亦香，
望煞江郎三片石，九姑东去不还乡。

闻江山的江郎山，有三片千丈的大石，直立山巅，相传是江郎兄弟三人入山成仙后所化。花船统名江山船，而世上又只传有望夫石，绝未闻有望妻者，我把这两个故事拉在一处，编成小调，自家也还觉得可以成一个小玩意儿，但与栖真寺的墙壁太无关了，所以不写上去。

龙游小南海

十一月十五日，星期三，仍晴。

晨起出旅馆，上兰溪东城的大云山揽胜亭去跑了一圈。山上山下有两个塔，上塔在仓圣庙前，下塔在江边同仁寺里。南面下山就是兰溪的义渡，过江上马公嘴去的；白兰溪去龙游的公共汽车站，就在江的南岸。

午前十点钟上汽车去龙游（按当日我系由兰溪绕道至龙游，所以坐的是公共汽车；如果由杭州前往，可乘火车直达，不必再换汽车），正午到，在旅馆中吃午饭后就上城北五里路远的小南海去瞻望竹林禅寺。寺在凤凰山上，俗呼童檀山，下有条圩村，隔瀔水和东岸的观音前村相对。瀔水西溪和龙游江的上游诸水，盘旋会合在这凤凰山下，所以沿水岸再向北，一二里路，到一突出的岩头上——大约是瀔波亭的旧址——去向南远望，就可以看得出衢州的千岩万壑和近乡的烟树溪流，这又是一幅王摩诘的山水横额。溪中岩石很多，突出在水底，了了可见，所以水上时有瀔纹，两岸的白沙青树，倒影水中，和瀔纹交互一织，又像是吴绫蜀锦上的纵横绣迹。小南海的气概并不大，竹林禅院的历史也并不古——是光绪二十七年辛丑僧妙寿所建，新旧《龙游县志》都不载——但纤丽的地方，却有点像六朝人的小品文字。

明汤显祖过凤凰山，有一首诗，载在《县志》上：

系舟犹在凤凰山，千里西江此日还，
今夜销魂在何处，玉岑东下一重湾。

我也在这貂后续上了一截狗尾：

瀫水矶头半日游，乱山高下望衢州，
西江两岸沙如雪，词客曾经此系舟。

题目是“凤凰山怀汤显祖”。

夜在龙游宿，并且还上城隍庙去看了半夜为募捐而演的戏。龙游地方银行的吴姜诸公，约于明日中午去吃龙游的土菜，所以三迭石、乌石山等远处，是不能去了。

浙东景物纪略

方岩纪静

方岩在永康县东北五十里。自金华至永康的百余里，有公共汽车可坐，从永康至方岩就非坐轿或步行不可；我们去的那天，因为天阴欲雨，所以在永康下公共汽车后就都坐了轿子，向东前进。十五里过金山村，又十五里到芝英是一大镇，居民约有千户，多应姓者；停轿少息，雨愈下愈大了，就买了些油纸之类，作防雨具。再行十余里，两旁就有起山来了，峰岩奇特，老树纵横，在微雨里望去，形状不一，轿夫一一指示说：

“这是公婆岩，那是老虎岩……老鼠梯。”等等，说了一大串，又数里，就到了岩下街，已经是在方岩的脚下了。

凡到过金华的人，总该有这样的一个经验，在旅馆里住下后，每会有些着青布长衫，文质彬彬的乡下先生，来盘问你：

“是否去方岩烧香的？这是第几次来进香了？从前住过哪一家？”

你若回答他说是第一次去方岩，那他就会拿出一张名片来，请你上方岩去后，到这一家去住宿。这些都是岩下街的房头，像旅店而又略异的接客者。远在数百里外，就有这些派出代理人来兜揽生意，一则也可以想见一年到头方岩香市之盛，一则也可以推想岩下街四五百家人家，竞争的激烈。

岩下街的所谓房头，经营旅店业而专靠胡公庙吃饭者，总有三五千人，大半系程、应二姓，文风极盛，财产也各可观，房子都系三层楼。大抵的情形，下层系建筑在谷里，中层沿街，上层为楼，房间一家总有三五十间，香市盛的时候，听说每家都患人满。香客之自绍兴、处州、杭州及近县来者，为数固已不少，最远者，且有自福建来的。

从岩下街起，曲折再行三五里，就上山；山上的石级是数不清的，密而且峻，盘旋环绕，要走一个钟头，才走得到胡公庙的峰门。

胡公名则，字子正，永康人，宋兵部侍郎，尝奏免衢婺二州民丁钱，所以百姓感德，立庙祀之。胡公少时，曾在方岩读过书，故而庙在方岩者为老牌真货。且时显灵异，最著的，有下列数则：

> 宋徽宗时，寇略永康，乡民避寇于方岩，岩有千人坑，大藤悬挂，寇至缘藤而上，忽见赤蛇啮藤断，寇都坠死。
>
> 盗起清溪，盘踞方岩，首魁夜梦神饮马于岩之池，平明池涸，其徒惊溃。
>
> 洪杨事起，近乡近村多遭劫，独方告得无恙。
>
> 民国三年，嵊县乡民，慕胡公之灵异，造庙祀之，乘昏夜来方岩盗胡公头去，欲以之造像，公梦示知事及近乡农民，属捉盗神像头者，盗尽就逮。是年冬间嵊县一乡大

火，凡预闻盗公头者皆烧失。翌年八月该乡民又有二人来进香，各毙于路上。

类似这样的奇迹灵异，还数不胜数，所以一年四季，方岩香火不绝，而尤以春秋为盛，朝山进香者，络绎于四方数百里的途上。金华人之远旅他乡者，各就其地建胡公庙以祀公，虽然说是迷信，但感化威力的广大，实在也出乎我们的意料之外，这就是方岩的盛名所以能远播各地的一近因而说的话，至于我们的不远千里，必欲至方岩一看的原因，却在它的山水的幽静灵秀，完全与别种山峰不同的地方。

方岩附近的山，都是绝壁陡起，高二三百丈，面积周围三五里至六七里不等。而峰顶与峰脚，面积无大差异，形状或方或圆，绝似硕大的撑天圆柱。峰岩顶上，又都是平地，林木丛丛，簇生如发。峰的腰际，只是一层一层的沙石岩壁，可望而不可登。间有瀑布奔流，奇树突现，自朝至暮，因日光风雨之移易，形状景象，也千变万化，捉摸不定。山之伟观到此大约是可以说得已臻极顶了吧？

从前看中国画里的奇岩绝壁，皴法皱迭，苍劲雄伟到不可思议的地步，现在到了方岩，向各山略一举目，才知道南宗北派的画山点石，都还有未到之处。在学校里初学英文的时候，读到那一位美国清教作家何桑的《大石面》一篇短篇，颇生异想，身到方岩，方知年幼时的少见多怪，像那篇小说里所写的大石面，在这附近真不知有多多少少。我不曾到过埃及，不知沙漠中的 Sphinx 比起这些岩面来，又该是谁兄谁弟。尤其是天造地设，清幽岑寂到令人毛发悚然的一区境界，是方岩北面相去二三里地的寿山下五峰书院所在的地方。

北面数峰，远近环拱，至西面而南偏，绝壁千丈，成了一条上突下缩的倒复危墙。危墙腰下，离地二三丈的地方，墙脚忽而下见，形成大洞，似巨怪之张口，口腔上下，都是石壁，五峰书院，丽泽祠，学易斋，就建筑在这巨口的上下腭之间，不施椽瓦，而风雨莫及，冬暖夏凉，而红尘不到。更奇峭者，就是这绝壁的忽而向东南的一折，递进而突起了固厚、瀑布、桃花、复釜、鸡鸣的五个奇峰，峰峰都高大似方岩，而形状颜色，各不相同。立在五峰书院的楼上，只听得见四围飞瀑的清音，仰视天小，鸟飞不渡，对视五峰，青紫无言，向东展望，略见白云远树，浮漾在楔形阔处的空中。一种幽静、清新、伟大的感觉，自然而然地袭向人来；朱晦翁、吕东莱、陈龙川诸道学先生的必择此地来讲学，以及一般宋儒的每喜利用山洞或风景幽丽的地方作讲堂，推其本意，大约总也在想借了自然的威力来压制人欲的缘故，不看金华的山水，这种宋儒的苦心是猜不出来的。

初到方岩的一天，就在微雨里游尽了这五峰书院的周围，与胡公庙的全部。庙在岩顶，规模颇大，前前后后，也有两条街，许多房头，在蒙胡公的福荫；一人成佛，鸡犬都仙，原是中国的旧例。胡公神像，是一位赤面长须的柔和长者，前殿后殿，各有一尊，相貌装饰，两都一样，大约一尊是预备着于出会时用的。我们去的那日，大约刚逢着了废历的十月初一，庙中前殿戏台上在演社戏敬神。台前簇拥着许多老幼男女，各流着些被感动了的随喜之泪，而戏中的情节说辞，我们竟一点儿也不懂；问问立在我们身旁的一位像本地出身，能说普通话的中老绅士，方知戏班是本地班，所演的为《杀狗劝妻》一类的孝义杂剧。

从胡公庙下山，回到了宿处的程××店中，则客堂上早已经点起了两支大红烛，摆上了许多大肉大鸡的酒菜，在候我们吃晚饭了，菜蔬丰盛到了极点，但无鱼少海味，所以味也不甚适口。

第二天破晓起来，仍坐原轿绕灵岩的福善寺回永康，路上的风景，也很清异。

第一，灵岩也系同方岩一样的一枝突起的奇峰，峰的半空，有一穿心大洞，长二三十丈，广可五六丈，所谓福善寺者，就系建筑在这大山洞里的。我们由东首上山进洞的后面，通过一条从洞里隔出来的长巷，出南面洞口而至寺内，居然也有天王殿、韦驮殿、观音堂等设置，山洞的大，也可想见了。南面四山环抱，红叶青枝，照耀得可爱之至；因为天晴了，所以空气澄鲜，一道下山去的曲折石级，自上面瞭望下去，更觉得幽深到不能见底。

下灵岩后，向西北的绕道回去，一路上尽是些低昂的山岭与旋绕的清溪，经过园内有两株数百年古柏的周氏祠庙，将至俗名耳朵岭的五木岭口的中间，一段溪光山影，景色真像是在画里；西南处州各地的远山，呼之欲来，回头四望，清入肺腑。

过五木岭，就是一大平原，北山隐隐，已经看得见横空的一线，十五里到永康，坐公共汽车回金华，还是午后三四点钟的光景。

烂柯纪梦

晋王质，伐木至石室中，见童子四人弹琴而歌，质因倚柯听之。童子以一物如枣核与质，质含之便不复饥。俄顷，童子曰："其归!"承声而去，斧柯摧然烂尽。既归，质去家已数十年，亲情凋落，无复向时比矣。

这传说，小时候就听到了，大约总是喜欢念佛的老祖母讲给我们孩子听的神仙故事。和这故事联合在一起的，还有一张习字的时候用的方格红字，叫作："王子去求仙，丹成入九天，山中方七日，世上已千年。"我所以要把这些儿时的记忆，重新唤起的原因，不过想说一句这故事的普遍流传而已。是以樵子入山，看神仙对弈，斧柯烂尽的事情，各处深山里都可以插得进去，也真怪不得中国各地，有烂柯的遗迹至十余处之多了。但衢州的烂柯山，却是《道书》上所说的"青霞第八洞天"，亦名"景华洞天"的所在，是大家所公认的这烂柯故事的发源本土，也是从金华来衢州游历的人非到不可的地方，故而到衢州的翌日，我们就出发去游柯山（衢州人叫烂柯山都只称柯山）。

十月阳和，本来就是小春的天气，可是我们到烂柯山的那天，觉得比平时的十月，还更加和暖了几分。所以从衢州的小南门出来，打桑树柏树很多的田野里经过，一路上看山看水，走了十六七里路后，在仙寿亭前渡沙步溪，一直到了石桥寺即宝岩寺的脚下，向寺后山上一个通天的大洞看了一眼的时候，方才同从梦里醒转来的人一样，整了一整精神。烂柯山的这一根石梁，实在是伟大，实在是奇怪。

出衢州的南门的时候，眼面前只看得出一排隐隐的青山而已；南门外的桑麻野道，野道旁的池沼清溪，以及牛羊村集，草舍蔗田，风景虽则清丽，但也并不觉得特别的好。可是在仙寿亭前过渡的瞬间，一看那一条澄清澈底的同大江般的溪水，心里已经有点发痒似的想叫起来了，殊不知入山三里，在青葱环绕着的极深奥的区中，更来了这巨人撑足直立似的一个大洞；立在山下，远远望去，就可以从这巨人的胯下，看出后面的一湾碧绿碧绿的青天，云烟缥缈，山意悠闲，清通灵秀，只觉得是身到了别一个天地；一个在城市里住久的俗人，忽入此境，哪能够叫他不目瞪口呆，暗暗里要想到成仙成佛的事情上去呢？

石桥寺，即宝岩寺，在烂柯山的南麓，虽说是梁时创建的古刹，但建筑却已经摧毁得不得了了。寺后上山，踏石级走里把路，就可以到那条石梁或石桥的洞下；洞高二十多丈，宽三十余丈，南北的深三五丈，真像是悬空从山间凿出来的一条石桥，不过平常的桥梁，决没有这样高大的桥洞而已。石桥的上面，仍旧是层层的岩石，洞上一层，也有中空的一条石缝，爬上去俯身一看，是可以看得出天来的，所谓一线天者，就系指这一条小缝而言。再上去，是石桥的顶上，平坦可以建屋，从前有一个塔，造在这最高峰上，现在却只能看出一堆高高突起的瓦砾，塔是早已倾圮尽了。

石桥下南洞口，有一块圆形岩石蹲伏在那里，石的右旁的一个八角亭，就是所谓迟日亭。这亭的高度，总也有三五丈的样子，但你若跑上北面离柯山略远的小山顶上去瞭望过来，只觉得是一堆小小的木堆，塞在洞的旁边。石桥洞底壁上，右手刻着明郡守杨子臣写的“烂柯仙洞”四个大字，左手刻着明郡守李遂写的“天生石梁”四个大字，此外还有许多小字的题名记载的石刻，都因为沙石岩容易风化的缘故，已经剥落得看不清楚了。石桥洞下，有十余块断碑残碣，纵横堆叠在那里。三块宋碑的断片，字迹飞舞雄伟，比黄山谷更加有劲。可惜中国人变乱太多，私心太重，这些旧迹名碑，都已经断残缺裂到了不可收拾的地步。《烂柯山志》编者，在金石部下有一段记事说：

> 名碑古物之毁于兵燹，宜也；但烂柯山之金石，不幸竟三次被毁于文人，岂非怪事？所谓文人的毁碑，有两次是因建寺而将这些石碑抬了去填过屋基，有一次系一不知姓名者来寺拓碑，拓后便私自将那些较古的碑石凿断敲裂，使后人不复有再见一次的机会。

烂柯山南麓，在上山去的石级旁边，还有许多翁仲石马，乱倒在荒榛漫草之中。翻《烂柯山志》一查，才知道明四川巡抚徐忠烈公，葬在此地，俗称徐天官墓者，就是此处。

在柯山寺的前前后后，赏玩了两三个钟头，更在寺里吃了一顿午饭，我们就又在暖日之下，和做梦似的回到了衢州，因为衢州城里还有几处地方，非去看一下不可。

一是在豆腐铺作场后面的那座天王塔。

二是城东北隅吴征虏将军郑公舍宅而建的那个古刹祥符寺。

三是孔子家庙，及庙内所藏的子贡手刻的楷木孔子及夫人亓官氏像。

这三处当然是以孔庙和楷木孔子像最为一般人所知道，数千年来的国宝，实在是不容易见到的稀世奇珍。

陪我们去孔庙的，是三衢医院的院长孔熊瑞先生，系孔子第七十三代的裔孙。楷木像藏在孔庙西首的一间楼上；像各高尺余，孔子是朝服执圭的一个坐像，亓官夫人的也是一样的一个，但手中无圭。两像颜色苍黑，刻画遒劲，决不是近代人的刀势。据孔先生告诉我们的话，则这两像素来就说是出于端木子贡之手刻，宋南渡时由衍圣公孔端友抱负来衢，供在家庙的思鲁阁上；即以来衢州后的年限来说，也已经有八九百年的历史了。孔子像的面貌，同一般的画像并不相同，两眼及鼻子很大，颧骨不十分高，须分三挂，下垂及拱起的手际，耳朵也比常人大一点儿。孔子的一个圭，一挂须及一只耳朵，已经损坏了，现在的系后人补刻嵌入的，刀法和刻纹，与原刻的一比，显见得后人的笔势来得软弱。

孔庙正中殿上，尚有孔子塑像一尊，东西两庑，各有迁衢始祖衍圣公孔端友等的塑像数尊，西首思鲁阁下，还有石刻吴道子画的孔子像碑一块；一座家庙，形式格局，完全是圣庙的大成至圣先师之殿。我虽则还不曾到过曲阜，但在这衢州的孔庙内巡视了一下，闭上眼睛，那座圣地的殿堂，仿佛也可以想象得出来了。

衢州西安门外，新河沿下的浮桥边，原也有江于的花市在的，但比到兰溪的江山船，要逊色得多，所以不记。

仙霞纪险

从衢州南下，一路上迎送着的有不断的青山，更超过几条水色蓝碧的江身，经一大平原，过双塔地，到一区四山围抱的江城，就是江山县了。

江山是以三片石的江郎山出名的地方，南越仙霞关，直通闽粤，西去玉山，便是江西；所谓七省通衢，江山实在是第一个紧要的边境。世乱年荒，这江山县人民的提心吊胆，打草惊蛇的状况，也可以想见的了；我们南来，也不过想见识见识仙霞关的险峻，至于采风访俗，玩水游山，在这一个年头，却是不许轻易去尝试的雅事，所以到江山的第二日一早，我们就急急地雇了一辆汽车，驰往仙霞关去。

在南门外的汽车站上车，三里就到俗名东岳山，有一块老虎岩，并一座明嘉靖年间建置的塔在景星山下；南行二十里，远远望得见冲天的三块巨岩江郎山，或合或离，在东面的群山中跳跃；再去是淤头，是峡口，是仙霞岭的区域了，去江山虽有八九十里路程，但汽车走走，也只走了两三个钟头的样子。

仙霞岭的面貌，实在是雄奇伟大得很！老远看来，就是那么高那么大的这排百里来长的仙霞山脉，近来一看，更觉得是不见天日了。东、西、南的三面，湾里有湾，山上有山；奇峰怪石，老树长藤，不计其数；而最曲折不尽，令人方向都分辨不出来的，是新从关外二十八都筑起，沿龙溪、化龙溪两支深山中的大水而行的那条通江山的汽车公路。

五步一转弯，三步一上岭，一面是流泉涡旋的深坑万丈，一面又是鸟飞不到的绝壁千寻。转一个弯，变一番景色，上一条岭，辟一个天地，上上下下，去去回回，我们在仙霞山中，龙溪岸上，自北去南，因为要绕过仙霞关去，汽车足足走了有一个多钟头的山路。山的高，水的深，与夫弯的多，路的险，不折不扣地说将出来，比杭州的九溪十八涧，起码总要超过三百多倍。要看山水的曲折，要试车路的崎岖，要将性命和运命去拚拚，想尝一尝生死关头，千钧一发的冒险意味的人，仙霞岭不可不到，尤其是从仙霞关北麓绕路出关，上关南二十八都去的这一条新辟的汽车公路，不可不去一走。车到关南，行经小竿岭的那个隘口，近瞰二十八都谷底里的人家，远望浦城枫岭诸峰的青影的时候，我真感到了一种一则以喜一则以惧的说不出的心理；喜的是关后许多险隘，已经被我走过了，惧的是直望山脚的目的地二十八都，虽然是只离开了一程抛石的空间，但山坡陡削，直冲下去，总也还有二三千尺的高度。这时候回头来看看仙霞关，一条石级铺得像蛇腹似的囊时的鸟道，却早已高高隐没在云雾与树木的中间了。

从小竿岭的隘口下来，盘旋回绕，再走了三四十分钟，到仙霞关外第一口的二十八都去一看，忽然间大家的身上又起了一层鸡皮的细粒。

太阳分明是高照在那里，天色当然是苍苍的，高大的人家的住屋，也一层一层地排列着在，但是人哩，活的生动着的人哩，人都到哪里去了呢？

许许多多的很整齐的人家，窗户都是掩着的，门却是半开半闭，或者竟全无地空空洞洞同死鲈鱼的口嘴似的张开在那里。踏进去一看，地下只散乱铺着有许多稻草。脚步声在空屋里反射出来的那一种响声，自己听了也要害怕。忽而索落落屋角的黑暗处稻草一动，偶尔也会立起一个人来，但只光着眼睛，向你上下一打量，他就悄悄地避开了。你若追上去问他一句话呢，他只很勉强地站立下来，对你又是光着眼睛的一番打量，摇摇头，露一脸阴风惨惨的苦笑，就又走了，回话是一句也不说的。

我们照这样的搜寻空屋，搜寻了好几处，才找到了一所基干队驻扎在那里的处所。守卫的兵士，对我们起初当然也是很含有疑惧的一番打量，听了我们的许多说明之后，他才开口说："昨晚上又有谣言。居民是自从去年九月以来，早就搬走了。在这里要吃一顿饭，是很不容易，因为豆腐青菜都没有人做，但今天早晨，队长是已经接到了江山胡站长的信，饭大约总在预备了吧？"说了，就请我们上大厅去休息。我们看到了这一种情形，听到了那一番话，食欲早就被恐怖打倒了，所以道了一声队长万福，跳上车子，转身就走。

重回到小竿岭的那个隘口的时候，几刻钟前曾经盘问我们过，幸亏有了陈万里先生的那个徽章证明，才安然放我们过去的。那位捧大刀的守卫兵，却笑着对我们说："你们就回去了吗？"回来一过此口，已经入了安全地带，我们的胆子也大起来了，就在龙溪边上，一处叫作大坞的溪桥旁边下了车，打算爬上山去，亲眼去看一看那座也可以说是一夫当关，万夫莫开，宋史浩方把石路铺起来的仙霞关口。一面，叫空车子仍遵原路，绕到仙霞关北相去五里的保安村去等候我们，好让我们由关南上岭，关北下山，一路上看看风景。

据书上的记载，则仙霞岭高三百六十级，凡二十四曲，有五关十峰等等，我们因为是从半腰里上去的，所以所走的只是关门所在的那一段。

仙霞关，前前后后，有四个关门。第二关的边上，将近顶边的地方，有一座新筑的碉楼在那里，据陪我们去游的胡站长说，江山近旁，共有碉楼四十余处，是新近才筑起来的，但汽车路一开，这些碉楼，这座雄关，将来怕都要变成些虚有其名的古迹了。

仙霞关内岭顶，有一座霞岭亭，亭旁住着一家人家，从前大约是守关官吏的住所，现在却只剩了一位老人，在那里卖茶给过路的行人。

北面出关，下岭里许，是一个关帝庙。规模很大，有观音阁、浣霞池亭等建筑，大约从前的闽浙官吏来往，总是在这庙内寄宿的无疑。现在东面浣霞池的亭上，还有许多周亮工的过关诗，以及清初诸名宦的唱和诗碣，嵌在石壁的中间。

在关帝庙里喝了一碗茶，买了些有名的仙霞关的绿茶茶叶，晚霞已经围住了山腰，我们的手上脸上都感觉得有点潮润起来了，大家就不约而同地叫了出来说：

“啊！原来这里就是仙霞！不到此地，可真不晓得这关名之妙喂!”

下岭过溪，走到溪旁的保安村里，坐上车子，再探头出来看了一眼曾经我们走过的山岭，这座东南的雄镇，却早已羞羞怯怯，躲入到一片白茫茫的仙霞怀里去了。

冰川纪秀

冰川是玉山东南门外环城的一条大溪，我们上玉山到这溪边的时候，因为杭江铁路车尚未通，是由江山坐汽车绕广丰，直驱二三百里的长路，好容易才走到的。到了冰溪的南岸来一看，在衢州见了颜色两样的城墙时所感到的那种异样的紧张的空气，更是迫切了。走下汽车，对手执大刀，在浮桥边检查行人的兵士们偷抛了几眼斜视。我们就只好决定不进城去，但在冰川旁边走走，马上再坐原车回去江山。

玉山城外是由这一条天生的城河冰溪环抱在那里的。东南半角却有着好几处雁翅似的浮桥。浮桥的脚上，手捧着明晃晃的大刀，肩负着黄苍苍的马枪，在那里检查入城证、良民证的兵士，看起来相貌都觉得是很可怕。

从冰川第一楼下绕过，沿堤走向东南，一块大空地，一个大森林，就是郭家洲了。武安山障在南边，普宁寺、鹤岭寺（观）接在东首。单就这一角的风景来说，有山有水，还有水车、磨坊、渔梁、石堋、水闸、长堤，凡中国画或水彩画里所用得着的各种点景的品物，都已经齐备了。在这样小的一个背景里，能具备着这么些个秀丽的点缀品的地方，我觉得行尽了江浙的两地，也是很不多见的。而尤其是出乎我们的意料之外的，是郭家洲这一个三角洲上的那些树林的疏散的逸韵。

郭家洲，从前大约也是冰溪的流水所经过的地方，但时移势易，沧海现在竟变作了桑田了；那一排疏疏落落的杂树林，同外国古宫旧堡的画上所有的那样的那排大树，少算算，也已经有了数百岁的年纪。

这一次在漫游浙东的途中，看见的山也真不少了，但每次总觉得有点美中不足的，是树木的稀少；不意一跨入了这江西的境界，就近在县城的旁边，居然能够看到了这一自然形成的像公园似的大杂树林!

城里既然进不去爬山又恐怕没有时间，并且离县城向西向北十来里地的境界，去走就有点危险，万不得已，自然只好横过郭家洲，上鹤岭寺（观）山上的那一个北面的空亭，去遥望玉山的城市了。

玉山城里的人家，实在整洁得很，沿城河的一排住宅，窗明几净，倒影溪中，远看好像是威匿思（注：现译作“威尼斯”）市里通衢。太阳斜了，城里关起了炊烟，水上的微波，也渐渐地带上了红影，西北的高山一带，有一个尖峰突起，活像是倒插的笔尖，大约是怀玉山了吧?

这一回沿杭江铁路西南直下，千里的游程到玉山城外终止了，“冰为溪水玉为山”。坐上了向原路回来的汽车，我念着戴叔伦的这一句现成的诗句，觉得这一次旅行的煞尾，倒很有点儿像德国浪漫派诗人的小说。

一九三三年十二月稿

钓台的春昼

因为近在咫尺，以为什么时候要去就可以去，我们对于本乡本土的名区胜景，反而往往没有机会去玩，或不容易下一个决心去玩的。正唯其是如此，我对于富春江上的严陵，二十年来，心里虽每在记着，但脚却没有向这一方面走过。一九三一，岁在辛未，暮春三月，春服未成，而中央党帝，似乎又想玩一个秦始皇所玩过的把戏了，我接到了警告，就仓皇离去了寓居。先在江浙附近的穷乡里，游息了几天，偶而看见了一家扫墓的行舟，乡愁一动，就定下了归计。绕了一个大弯，赶到故乡，却正好还在清明寒食的节前。和家人等去上了几处坟，与许久不曾见过面的亲戚朋友，来往热闹了几天，一种乡居的倦怠，忽而袭上心来了，于是乎我就决心上钓台访一访严子陵的幽居。

钓台去桐庐县城二十余里，桐庐去富阳县治九十里不足，自富阳溯江而上，坐小火轮三小时可达桐庐，再上则须坐帆船了。

我去的那一天，记得是阴晴欲雨的养花天，并且系坐晚班轮去的，船到桐庐，已经是灯火微明的黄昏时候了，不得已就只得在码头近边的一家旅馆的楼上借了一宵宿。

桐庐县城，大约有三里路长，三千多烟灶，一二万居民，地在富春江西北岸，从前是皖浙交通的要道，现在杭江铁路一开，似乎没有一二十年前的繁华热闹了。尤其要使旅客感到萧条的，却是桐君山脚下的那一队花船失去了踪影。说起桐君山，却是桐庐县的一个接近城市的灵山胜地，山虽不高，但因有仙，自然是灵了。以形势来论，这桐君山，也的确是可以产生出许多口音生硬，别具风韵的桐严嫂来的生龙活脉。地处在桐溪东岸，正当桐溪和富春江合流之所，依依一水，西岸便瞰视着桐庐县市的人家烟树。南面对江，便是十里长洲；唐诗人方干的故居，就在这十里桐洲九里花的花圈深处。向西越过桐庐县城，更遥遥对着一排高低不定的青峦，这就是富春山的山子山孙了。东北面山下，是一片桑麻沃地，有一条长蛇似的官道，隐而复现，出没盘曲在桃花杨柳洋槐榆树的中间，绕过一支小岭，便是富阳县的境界，去程明道的墓地程坟，总也不过一二十里地的间隔。我的去拜谒桐君，瞻仰道观，就在那一天到桐庐的晚上，是淡云微月，正在作雨的时候。

鱼梁渡头，因为夜渡无人，渡船停在东岸的桐君山下。我从旅馆踱了出来，先在离轮埠不远的渡口停立了几分钟。后来向一位来渡口洗夜饭米的年轻少妇，躬身请问了一回，才得到了渡江的秘诀。她说："你只须高喊两三声，船自会来的。"先谢了她教我的好意，然后以两手围成了播音的喇叭，"喂，喂，渡船请摇过来"地纵声一喊，果然在半江的黑影当中，船身摇动了。渐摇渐近，五分钟后，我在渡口，却终于听出了咿呀柔橹的声音。时间似乎已经入了酉时的下刻，小市里的群动，这时候都已经静息。自从渡口的那位少妇，在微茫的夜色里，藏去了她那张白团团的面影之后，我独立在江边，不知不觉心里头却兀自感到了一种他乡日暮的悲哀。渡船到岸，船头上起了几声微微的水浪清音，又铜东地一响，我早已跳上了船，渡船也已经掉过头来了。坐在黑影沉沉的舱里，我起先只在静听着柔橹划水的声音，然后却在黑影里看出了一星船家在吸着的长烟管头上的烟火，最后因为被沉默压迫不过，我只好开口说话了："船家！你这样地渡我过去，该给你几个船钱？"我问。"随你先生把几个就是。"船家的说话冗慢幽长，似乎已经带着些睡意了，我就向袋里摸出了两角钱来。"这两角钱，就算是我的渡船钱，请你候我一会，上山去烧一次夜香，我是依旧要渡过江来的。"船家的回答，只是嗯嗯呜呜，幽幽同牛叫似的一种鼻音，然而从继这鼻音而起的两三声轻快的咳声听来，他却似已经在感到满足了，因为我也知道，乡间的义渡，船钱最多也不过是两三枚铜子而已。

到了桐君山下，在山影和树影交掩着的崎岖道上，我上岸走不上几步，就被一块乱石绊倒，滑跌了一次。船家似乎也动了恻隐之心了，一句话也不发，跑将上来，他却突然交给了我一盒火柴。我于感谢了一番他的盛意之后，重整步武，再摸上山去，先是必须点一支火柴走三五步路的，但到得半山，路既就了规律，而微云堆里的半规月色，也朦胧地现出一痕银线来了，所以手里还存着的半盒火柴，就被我藏入了袋里。路是从山的西北，盘曲而上，渐走渐高，半山一到，天也开朗了一点，桐庐县市上的灯火，也星星可数了。更纵目向江心望去，富春江两岸的船上和桐溪合流口停泊着的船尾船头，也看得出一点一点的火来。走过半山，桐君观里的晚祷钟鼓，似乎还没有息尽，耳朵里仿佛听见了几丝木鱼钲钹的残声。走上山顶，先在半途遇着了一道道观外围的女墙，这女墙的栅门，却已经掩上了。在栅门外徘徊了一刻，觉得已经到了此门而不进去，终于是不能满足我这一次暗夜冒险的好奇怪僻的。所以细想了几次，还是决心进去，非进去不可，轻轻用手往里面一推，栅门却呀的一声，早已退向了后方开开了，这门原来是虚掩在那里的。进了栅门，踏着为淡月所映照的石砌平路，向东向南的前走了五六十步，居然走到了道观的大门之外，这两扇朱红漆的大门，不消说是紧闭在那里的。到了此地，我却不想再破门进去了，因为这大门是朝南向着大江开的，门外头是一条一丈来宽的石砌步道，步道的一旁是道观的墙，一旁便是山坡，靠山坡的一面，并且还有一道二尺来高的石墙筑在那里，大约是代替栏杆，防人倾跌下山去的用意，石墙之上，铺的是二三尺宽的青石，在这似石栏又似石凳的墙上，尽可以坐卧游息，饱看桐江和对岸的风景，就是在这里坐它一晚，也很可以，我又何必去打开门来，惊起那些老道的噩梦呢！

空旷的天空里，流涨着的只是些灰白的云，云层缺处，原也看得出半角的天，和一点两点的星，但看起来最饶风趣的，却仍是欲藏还露，将见仍无的那半规月影。这时候江面上似乎起了风，云脚的迁移，更来得迅速了。而低头向江心一看，几多散乱着的船里的灯光，也忽阴忽灭地变换了一变换位置。

这道观大门外的景色，真神奇极了。我当十几年前，在放浪的游程里，曾向瓜州京口一带，消磨过不少的时日。那时觉得果然名不虚传的，确是甘露寺外的江山，而现在到了桐庐，昏夜上这桐君山来一看，又觉得这江山之秀而且静，风景的整而不散，却非那天下第一江山的北固山所可与比拟的了。真也难怪得严子陵，难怪得戴征士，倘使我若能在这样的地方结屋读书，颐养天年，那还要什么的高官厚禄，还要什么的浮名虚誉哩？一个人在这桐君观前的石凳上，看看山，看看水，看看城中的灯火和天上的星云，更做做浩无边际的无聊的幻梦，我竟忘记了时刻，忘记了自身，直等到隔江的击声传来，向西一看，忽而觉得城中的灯影微茫地减了，才跑也似的走下了山来，渡江奔回了客舍。

第二日侵晨，觉得昨天在桐君观前做过的残梦正还没有续完的时候，窗外面忽而传来了一阵吹角的声音。好梦虽被打破，但因这同吹觱篥似的商音哀咽，却很含着些荒凉的古意，并且晓风残月，杨柳岸边，也正好候船待发，上严陵去；所以心里虽怀着了些儿怨恨，但脸上却只观出了一痕微笑，起来梳洗更衣，叫茶房去雇船去。雇好了一只双桨的渔舟，买就了些酒菜鱼米，就在旅馆前面的码头上了船，轻轻向江心摇出去的时候，东方的云幕中间，已现出了几丝红晕，有八点多钟了。舟师急得厉害，只在埋怨旅馆的茶房，为什么昨晚上不预先告诉，好早一点出发。因为此去就是七里滩头，无风七里，有风七十里，上钓台去玩一趟回来，路程虽则有限，但这几日风雨无常，说不定要走夜路，才回来得了的。

过了桐庐，江心狭窄，浅滩果然多起来了。路上遇着的来往的行舟，数目也是很少，因为早晨吹的角，就是往建德去的快班船的信号，快班船一开，来往于两岸之间的船就不十分多了。两岸全是青青的山，中间是一条清浅的水，有时候过一个沙洲，洲上的桃花菜花，还有许多不晓得名字的白色的花，正在喧闹着春暮，吸引着蜂蝶。我在船头上一口一口地喝着严东关的药酒，指东话西地问着船家，这是什么山，那是什么港，惊叹了半天，称颂了半天，人也觉得倦了，不晓得什么时候，身子却走上了一家水边的酒楼，在和数年不见的几位已经做了党官的朋友高谈阔论。谈论之余，还背诵了一首两三年前曾在同一的情形之下做成的歪诗：

不是尊前爱惜身，佯狂难免假成真，
曾因酒醉鞭名马，生怕情多累美人。
劫数东南天作孽，鸡鸣风雨海扬尘，
悲歌痛哭终何补，义士纷纷说帝秦。

直到盛宴将散，我酒也不想再喝了，和几位朋友闹得心里各自难堪，连对旁边坐着的两位陪酒的名花都不愿意开口。正在这上下不得的苦闷关头，船家却大声地叫了起来说：

"先生，罗芷过了，钓台就在前面，你醒醒吧，好上山去烧饭吃去。"

擦擦眼睛，整了一整衣服，抬起头来一看，四面的水光山色又忽而变了样子了。清清的一条浅水，比前又窄了几分，四围的山包得格外的紧了，仿佛是前无去路的样子。并且山容峻削，看去觉得格外的瘦格外地高。向天上地下四围看看，只寂寂地看不见一个人类。双桨的摇响，到此似乎也不敢放肆了，钩的一声过后，要好半天才来一个幽幽的回响，静，静，静，身边水上，山下岩头，只沉浸着太古的静，死灭的静，山峡里连飞鸟的影子也看不见半只。前面的所谓钓台山上，只看得见两大个石垒，一间歪斜的亭子，许多纵横芜杂的草木。山腰里的那座祠堂，也只露着些废垣残瓦，屋上面连炊烟都没有一丝半缕，像是好久好久没有人住了的样子。并且天气又来得阴森，早晨曾经露一露脸过的太阳，这时候早已深藏在云堆里了，余下来的只是时有时无从侧面吹来的阴飕飕的半箭儿山风。船靠了山脚，跟着前面背着酒菜鱼米的船夫走上严先生祠堂的时候，我心里真有点害怕，怕在这荒山里要遇见一个干枯苍老得同丝瓜筋似的严先生的鬼魂。

在祠堂西院的客厅里坐定，和严先生的不知第几代的裔孙谈了几句关于年岁水旱的话后，我的心跳也渐渐儿地镇静下去了，嘱托了他以煮饭烧菜的杂务，我和船家就从断碑乱石中间爬上了钓台。

东西两石垒，高各有二三百尺，离江面约两里来远，东西台相去只有一二百步，但其间却夹着一条深谷。立在东台，可以看得出罗芷的人家，回头展望来路，风景似乎散漫一点，而一上谢氏的西台，向西望去，则幽谷里的清景，却绝对地不像是在人间了。我虽则没有到过瑞士，但到了西台，朝西一看，立时就想起了曾在照片上看见过的威廉退儿的祠堂。这四山的幽静，这江水的青蓝，简直同在画片上的珂罗版色彩，一色也没有两样，所不同的就是在这儿的变化更多一点，周围的环境更芜杂不整齐一点而已，但这却是好处，这正是足以代表东方民族性的颓废荒凉的美。

从钓台下来，回到严先生的祠堂——记得这是洪杨以后严州知府戴重建的祠堂——西院里饱啖了一顿酒肉，我觉得有点酩酊微醉了。手拿着以火柴柄制成的牙签，走到东面供着严先生神像的龛前，向四面的破壁上一看，翠墨淋漓，题在那里的，竟多是些俗而不雅的过路高官的手笔。最后到了南面的一块白墙头上，在离屋檐不远的一角高处，却看到了我们的一位新近去世的同乡夏灵峰先生的四句似邵尧夫而又略带感慨的诗句。夏灵峰先生虽则只知崇古，不善处今，但是五十年来，像他那样的顽固内容的亡清遗老，也的确是没有第二个人。比较起现在的那些官迷的南满尚书和东洋宦婢来，他的经术言行，姑且不必去论它，就是以骨头来称称，我想也要比什么罗三郎郑太郎辈，重到好几百倍。慕贤的心一动，熏人臭技自然是难熬了，堆起了几张桌椅，借得了一支破笔，我也向高墙上在夏灵峰先生的脚后放上了一个陈屁，就是在船舱的梦里，也曾微吟过的那一首歪诗。

从墙头上跳将下来，又向龛前天井去走了一圈，觉得酒后的干喉，有点渴痒了，所以就又走回到了西院，静坐着喝了两碗清茶。在这四大无声，只听见我自己的啾啾喝水的舌音冲击到那座破院的败壁上去的寂静中间，同惊雷似的一响，院后的竹园里却忽而飞出了一声闲长而又有节奏似的鸡啼的声来。同时在门外面歇着的船家，也走进了院门，高声地对我说：

“先生，我们回去吧，已经是吃点心的时候了，你不听见那只鸡在后山啼吗？我们回去吧！”

一九三二年八月在上海写

半日的游程

去年有一天秋晴的午后，我因为天气实在好不过，所以就搁下了当时正在赶着写的一篇短篇的笔，从湖上坐汽车驰上了江干。在儿时习熟的海月桥、花牌楼等处闲走了一阵，看看青天，看看江岸，觉得一个人有点寂寞起来了，索性就朝西地直上，一口气便走到了二十几年前曾在那里度过半年学生生活的之江大学的山中。二十年的时间的印迹，居然处处都显示了面形：从前的一片荒山，几条泥路，与夫乱石幽溪，草房藩溷，现在都看不见了。尤其要使人感觉到我老何堪的，是在山道两旁的那一排青青的不凋冬树；当时只同豆苗似的几根小小的树秧，现在竟长成了可以遮蔽风雨，可以掩障烈日的长林。不消说，山腰的平处，这里那里，一所所的轻巧而经济的住宅，也添造了许多；像在画里似的附近山川的大致，虽仍依旧，但校址的周围，变化却竟簇生了不少。第一，从前在大礼堂前的那一丝空地，本来是下临绝谷的半边山道，现在却已将面前的深谷填平，变成了一大球场。大礼堂西北的略高之处，本来足有几枝被朔风摧折得弯腰屈背的老树孤立在那里的，现在却建筑起了三层的图书文库了。二十年的岁月！三千六百日的两倍的七千二百日的日子！以这一短短的时节，来比起天地的悠长来，原不过是像白驹的过隙，但是时间的威力，究竟是绝对的暴君，曾日月之几何，我这一个本在这些荒山野径里驰骋过的毛头小子，现在也竟垂垂老了。

一路上走着看着，又微微地叹着，自山的脚下，走上中腰，我竟费去了三十来分钟的时刻。半山里是一排教员的住宅，我的此来，原因为在湖上在江干孤独得怕了，想来找一位既是同乡，又是同学，而自美国回来之后就在这母校里服务的胡君，和他来谈谈过去，赏赏清秋，并且也可以由他这里来探到一点故乡的消息的。

两个人本来是上下年纪的小学校的同学，虽然在这二十几年中见面的机会不多，但或当暑假，或在异乡，偶尔遇着的时候，却也有一段不能自已的柔情，油然会生起在各个的胸中。我的这一回的突然的袭击，原也不过是想使他惊骇一下，用以加增加增亲热的效力的企图；升堂一见，他果然是被我骇倒了。

"哦！真难得！你是几时上杭州来的?"他惊笑着问我。

"来了已经多日了，我因为想静静儿地写一点东西，所以朋友们都还没有去看过。今天实在天气太好了，在家里坐不住，因而一口气就跑到了这里。"

"好极！好极！我也正在打算出去走走，就同你一道上溪口去吃茶去吧，沿钱塘江到溪口去的一路的风景，实在是不错！"

沿溪入谷，在风和日暖，山近天高的田塍道上，二人慢慢地走着，谈着，走到九溪十八涧的口上的时候，太阳已经斜到了去山不过丈来高的地位了。在溪房的石条上坐落，等茶庄里的老翁去起茶煮水的中间，向青翠还像初春似的四山一看，我的心坎里不知怎么，竟充满了一股说不出的飒爽的清气。两人在路上，说话原已经说得很多了，所以一到茶庄，都不想再说下去，只瞪目坐着，在看四周的山和脚下的水，忽而嘘朔朔朔的一声，在半天里，晴空中一只飞鹰，像霹雳似的叫过了，两山的回音，更缭绕地震动了许多时。我们两人头也不仰起来，只竖起耳朵，在静听着这鹰声的响过。回响过后，两人不期而遇地将视线凑集了拢来，更同时破颜发了一脸微笑，也同时不谋而合地叫了出来说："真静啊！""真静啊！"

等老翁将一壶茶搬来，也在我们边上的石条上坐下，和我们攀谈了几句之后，我才开始问他说："久住在这样寂静的山中，山前山后，一个人也没有得看见，你们倒也不觉得怕的吗？"

"怕啥东西？我们又没有龙连（钱），强盗绑匪，难道肯到孤老院里来讨饭吃的吗？并且春三二月，清明，这里的游客，一天也有好几千。冷清的，就只不过这几个月。"

我们一面喝着清茶，一面只在贪味着这阴森得同太古似的山中的寂静，不知不觉，竟把摆在桌上的四碟糕点都吃完了，老翁看了我们的食欲的旺盛，就又推荐着他们自造的西湖藕粉和桂花糖说："我们的出品，非但在本省口碑载道，就是外省，也常有信来邮购的，两位先生冲一碗尝尝看如何？"

大约是山中的清气和十几里路的步行的结果吧，那一碗看起来似鼻涕、吃起来似泥沙的藕粉，竟使我们嚼出了一种意外的鲜味。等那壶龙井芽茶，冲得已无茶味，而我身边带着的一封绞盘牌也只剩了两支的时节，觉得今天足行得特别快的那轮秋日，早就在西面的峰旁躲去了。谷里虽掩下了一天阴影，而对面东首的山头，还映得金黄浅碧，似乎是山灵在预备去赴夜宴而铺陈着浓装的样子。我昂起了头，正在赏玩着这一幅以青天为背景的夕照的秋山，忽听见耳旁的老翁以富有抑扬的杭州土音计算着账说：“一茶，四碟，二粉，五千文！”

我真觉得这一串话是有诗意极了，就回头来叫了一声说：

“老先生！你是在对课呢？还是在做诗？”

他倒惊了起来，张圆了两眼呆视着问我：

“先生你说啥话语？”

“我说，你不是在对课吗？三竺六桥，九溪十八涧，你不是对上了‘一茶四碟，二粉五千文’了吗？”

说到了这里，他才摇动着胡子，哈哈地大笑了起来，我们也一道笑了。付账起身，向右走上了去理安寺的那条石砌小路，我们俩在山嘴将转弯的时候，三人的呵呵呵呵的大笑的余音，似乎还在那寂静的山腰，寂静的溪口，作不绝如缕的回响。

一九三三年五月二十一日

感伤的行旅

一

犹太人的漂泊，听说是上帝制定的惩罚。中欧一带的“寄泊栖”的游行，仿佛是这一种印度支族浪漫的天性。大约是这两种意味都完备在我身上的缘故吧，在一处沉滞得久了，只想把包裹雨伞背起，到绝无人迹的地方去吐一口郁气。更况且节季又是霜叶红时的秋晚，天色又是同碧海似的天天晴朗的青天，我为什么不走？我为什么不走呢？

可是说话容易，实践艰难，入秋以后，想走想走的心愿，却起了好久了，而天时人事，到了临行的时节，总有许多阻障出来。八个瓶儿七个盖，凑来凑去凑不周全的，尤其是几个买舟借宿的金钱。我不会吹箫，我当然不能乞食，况且此去，也许在吴头，也许向楚尾，也许在中途被捉，被投交有砂米饭吃有红衣服着的笼中，所以踏上火车之先，我总想多带一点财物在身边，免得为人家看出，看出我是一个无产无职的游民。

旅行之始，还是先到上海，向各处去交涉了半天。等到几个版税拿到在手里，向大街上买就了些旅行杂品的时候，我的灵魂已经飞到了空中：“Over the hills and far away.”坐在黄包车上的身体，好像在腾云驾雾，扶摇上九万里外去了。头一晚，就在上海的大旅馆里借了一宵宿。

是月暗星繁的秋夜，高楼上看出去，能够看见的，只是些黄苍颓荡的电灯光。当然空中还有许多同蜂衙里出了火似的同胞的杂噪声，和许多有钱的人在大街上驶过的汽车声融合在一处，在合奏着大都会之夜的“新魔丰腻”，但最触动我这感伤的行旅者的哀思的，却是在同一家旅舍之内，从前后左右的宏壮的房间里发出来的娇艳的肉声，及伴奏着的悲凉的弦索之音。屋顶上飞下来的一阵两阵的比西班牙舞乐里的皮鼓铜琶更野噪的锣鼓响乐，也未始不足以打断我这愁人秋夜的客中孤独，可是同败落头人家的喜事一样，这一种绝望的喧阗，这一种勉强的干兴，终觉得是肺病患者的脸上的红潮，静听起来，仿佛是有四万万的受难的人民，在这野声里啜泣似的，“如此烽烟如此（乐），老夫怀抱若为开”呢？

不得已就只好在灯下拿出一本德国人的游记来躺在床沿上胡乱地翻读……

> 一七七六，九月四日，来干思堡，侵晨。
>
> 早晨三点，我轻轻地偷逃出了卡儿斯罢特，因为否则他们怕将不让我走。那一群将很亲热地为我做八月廿八的生日的朋友们，原也有扣留住我的权利；可是此地却不可再事淹留下去了……

这样地跟这一位美貌多才的主人公看山看水，一直地到了月下行车，将从勃伦纳到物络那（Vom Brenner bis Verona）的时候，我也就在悲凉的弦索声、杂噪的锣鼓声和怕人的汽车声中昏沉睡着了。

不知是在什么地方，我自身却立在黑沉沉的天盖下俯看海水，立脚处仿佛是危岩巉兀的一座石山。我的左壁，就是一块身比人高的直立在那里的大石。忽而海潮一涨，只见黑黝黝的涡旋，在灰黄的海水里鼓荡，潮头渐长渐高，逼到脚下来了，我苦闷了一阵，却也终于无路可逃，带黏性的潮水，就毫无踌躇地浸上了我的两脚，浸上了我的腿部、腰部，终至于将及胸部而停止了。一霎时水又下退，我的左右又变了石山的陆地，而我身上的一件青袍，却为水浸湿了。在惊怖和懊恼的中间，梦神离去了我，手支着枕头，举起上半身来看看外边的样子，似乎那些毫无目的，毫无意识，只在大街上闲逛，瞎挤，乱骂，高叫的同胞们都已归笼去了，马路上只剩了几声清淡的汽车警笛之声，前后左右的娇艳的肉声和弦索声也减少了，幽幽寂寂，仿佛从极远处传来似的，只有间隔得很远的竹背牙牌互击的操搭的声音，大约夜也阑了，大家的游兴也倦了吧，这时候我的肚里却也咕噜噜感到了一点饥饿。

披上棉袍，向里间浴室的磁盆里放了一盆热水，漱了一漱口，擦了一把脸，再回到床前安乐椅上坐下，呆看住电灯擦起火柴来吸烟的时候，我不知怎么的陡然间却感到了一种异样的孤独。这也许是大都会中的深夜的悲哀，这也许是中年易动的人生的感觉，但无论如何，我觉得这样的再在旅舍里枯坐是耐不住的了，所以就立起身来，开门出去，想去找一家长夜开炉的菜馆，去试一回小吃。

开门出去，在静寂粉白和病院里的廊子一样的长巷中走了一段，将要从右角转入另一条长廊去的时候，在角上的那间房里，忽而走出了一位二十左右，面色洁白妖艳，一头黑发，松长披在肩上，全身像裸着似的只罩着一件金黄长毛丝绒的Negligee的妇人来。

这一回的出其不意地在这一个深夜的时间里忽儿和我这样的一个潦倒的中年男子的相遇，大约也使她感到了一种惊异，她起始只张大了两只黑晶晶的大眼，怀疑惊问似的对我看了一眼，继而脸上涨起了红霞，似羞缩地将头俯伏了下去，终于大着胆子向我的身边走过，走到另一间房间里去了。我一个人发了一脸微笑，走转了弯，轻轻地在走向升降机去的中间，耳朵里还听见了一声她关闭房门的声音，眼睛里还保留着她那丰白的圆肩的曲线，和从宽散的她的寝衣中透露出来的胸前的那块倒三角形的雪嫩的白肌肤。

司升降机的工人和在廊子的一角呆坐着的几位茶役，都也睡态朦胧了，但我从高处的六层楼下来，一到了底下出大门去的那条路上；却不料竟会遇见这许多暗夜之子在谈笑取乐的。他们的中间，有的是跟妓女来的龟头鸨母，有的是司汽车的机器工人，有的是身上还披着绒毯的住宅包车夫，有的大约是专等到了这一个时候，夹入到这些人的中间来骗取一支两支香烟，谈谈笑笑借此过夜的闲人罢，这一个大门道上的小社会里，这时候似乎还正在热闹的黄昏时候一样，而等我走出大门，向东边角上的一家茶馆里坐定，朝壁上的挂钟细细看了一眼时，却已经是午夜的三点钟前了。

吃取了一点酒菜回来，在路上向天空注看了许多回。西边天上，正挂着一钩同镰刀似的下弦残月，东北南三面，从高屋顶的电火中间窥探出去，也还见得到一颗两颗的暗淡的秋星，大约明朝不会下雨这一件事情总可以决定的了。我长啸了一声，心里却感到了一点满足，想这一次的出发也还算不坏，就再从升降机上来，回房脱去了袍袄，沉酣地睡着了四五个钟头。

二

几个钟头的酣睡，已把我长年不离身心的疲倦医好了一半了，况且赶到车站的时候，正还是上行特别快车将发未动的九点之前，买了车票，挤入了车座，浩浩荡荡，火车头在晨风朝日之中，将我的身体搬向北去的中间，老是自伤命薄，对人对世总觉得不满的我这时代落伍者，倒也感到了一心的快乐。"旅行果然是好的"，我斜倚着车窗，目视着两旁的躺息在太阳和风里的大地，心里却在这样地想："旅行果然是不错，以后就决定在船窗马背里过它半生生活吧！"

江南的风景，处处可爱，江南的人事，事事堪哀，你看，在这一个秋尽冬来的寒月里，四边的草木，岂不还是青葱红润的吗？运河小港里，岂不依旧是白帆如织满在行驶的吗？还有小小的水车亭子，疏疏的槐柳树林。平桥瓦屋，只在大空里吐和平之气，一堆一堆的干草堆儿，是老百姓在这过去的几个月中间力耕苦作之后的黄金成绩，而车辚辚，马萧萧，这十余年中间，军阀对他们的征收剥夺，掳掠奸淫，从头细算起来，哪里还算得明白？江南原说是鱼米之乡，但可怜的老百姓们，也一并地做了那些武装同志们的鱼米了。逝者如斯，将来者且更不堪设想，你们且看看政府中什么局长什么局长的任命，一般物价的同潮也似的怒升，和印花税地税杂税等名目的增设等，就也可以知其大概了。啊啊，圣明天子的朝廷大事，你这贱民哪有左右容喙的权利，你这无智的牛马，你还是守着古圣昔贤的大训，明哲以保其身，且细赏赏这车窗外面的迷人秋景吧！人家瓦上的浓霜去管它做甚？

车窗外的秋色，已经到了烂熟将残的时候了。而将这秋色秋风的颓废末级，最明显地表现出来的，要算浅水滩头的芦花丛薮，和沿流在摇映着的柳色的鹅黄。当然杞树、枫树、柏树的红叶，也一律地在透露残秋的消息，可是绿叶层中的红霞一抹，即在春天的二月，只教你向树林里去栽几株一丈红花，也就可以酿成此景的。

至于西方莲的殷红，则不问是寒冬或是炎夏，只教你培养得宜，那就随时随地都可以将其他树叶的碧色去衬它的朱红，所以我说，表现这大江南岸的残秋的颜色，不是枫林的红艳和残叶的青葱，却是芦花的丰白与岸柳的髡黄。

秋的颜色，也管不得许多，我也不想来品评红白，裁答一重公案，总之对这些大自然的四时烟景，毫末也不曾留意的我们那火车机头，现在却早已冲过了长桥几架，超过了洋澄湖岸的一角，一程一程地在逼近姑苏台下去了。

苏州本来是我依旧游之地，“一帆冷雨过娄门”的情趣，闲雅的古人，似乎都在称道。不过细雨骑驴，延着了七里山塘，缓缓地去奠拜真娘之墓的那种逸致，实在也尽值得我们的怀忆的。还有日斜的午后，或者上小吴轩去泡一碗清茶，凭栏细数城里人家的烟灶，或者在冷红阁上，开开它朝西一带的明窗，静静儿地守着夕阳的畹晚西沉，也是尘俗都消的一种游法。我的此来，本来是无遮无碍的放浪的闲行，依理是应该在吴门下榻，离沪的第一晚是应该去听听寒山寺里的夜半清钟的，可是重阳过后，这近边又有了几次农工暴动的风声，军警们提心吊胆，日日在搜查旅客，骚扰居民，像这样的暴风雨将到未来的恐怖期间，我也不想再去多劳一次军警先生的驾了，所以车停的片刻时候，我只在车里跑上先跑落后地看了一回虎丘的山色，想看看这本来是不高不厚的地皮，究竟有没有被那些要人们刮尽。但是还好，那一堆小小的土山，依旧还在那里点缀苏州的景致。不过塔影萧条，似乎新来瘦了，这不会病酒，它不会悲秋，这影瘦的原因，大约总是因为日脚行到了天中的缘故罢。拿出表来一看，果然已经是十一点多钟，将近中午的时刻了。

火车离去苏州之后，路线的两边，耸出了几条绀碧的山峰来。在平淡的上海住惯的人，或者本来是从山水中间出来，但为生活所迫，就不得不在看不见山看不见水的上海久住的人们，大约到此总不免要生出异样的感觉来的吧，同车的有几位从上海来的旅客，一样地因看见了那西南一带的连山而在作点头的微笑。啊啊，人类本来就是大自然的一部分细胞，只教天性不灭，决没有一个会对了这自然的和平清景而不想赞美的，所以那些卑污贪暴的军阀委员要人们，大约总已经把人性灭尽了的缘故吧，他们只知道要打仗，他们只知道要杀人，他们只知道如何地去敛钱争势夺权利用，他们只知道如何地来破坏农工大众的这一个自然给予我们的伊甸园。啊吓，不对，本来是在说看山的，多嘴的小子，却又破口牵涉起大人先生们的狼心狗计来了，不说罢，还是不说吧，将近十二点了，我还是去炒盘芥莉鸡丁弄瓶“苦配”啤酒来浇浇块垒的好。

三

正吞完最后的一杯苦酒的时候，火车过了一个小站，听说是无锡就在眼前了。

天下第二泉水的甘味，倒也没有什么可以使人留恋的地方。但震泽湖边的芦花秋草，当这一个肃杀的年时，在理想上当然是可以引人入胜的，因为七十二山峰的峰下，处处应该有低浅的水滩，三万六千顷的周匝，少算算也应该有千余顷的浅渚，以这一个统计来计算太湖湖上的芦花，那起码要比扬子江河身的沙渚上的芦田多些。我是曾在太平府以上九江以下的扬子江头看过伟大的芦花秋景的，所以这一回很想上太湖去试试运气看，看我这一次的臆测究竟有没有和事实相合的地方。这样的决定在无锡下车之后，倒觉得前面相去只几里地的路程特别地长了起来，特别快车的速度也似乎特别慢起来了。

无锡究竟是出大政客的实业中心地，火车一停，下来的人竟占了全车的十分之三四。我因为行李无多，所以一时对那些争夺人体的黄包车夫们都失了敬，一个人踏出站来，在荒地上立了一会，看了一出猴子戴面具的把戏，想等大伙的行客散了，再去叫黄包车直上太湖边去。这一个战略，本是我在旅行的时候常用常效的方法，因为车刚到站，黄包车价总要比平时贵涨几倍，等大家散尽，车夫看看不得不等第二班车了，那他的价钱就会低让一点，可以让到比平时只贵两成三成的地步。况且从车站到湖滨，随便走哪一条路，总要走半个钟头才能走到，你若急切地去叫车，那客气一点的车夫，会索价一块大洋，不客气的或者竟会说两块三块都不定的。所以夹在无锡的市民中间，上车站前头的那块荒地上去看一出猴犬两明星合演的拿手好戏，也是一件有意义的事情，因为我在看把戏的中间就在摆布对车夫的战略了。殊不知这一次的作战，我却大大地失败了。

原来上行特别快车到站是正午十二点的光景，这一班车过后，则下行特快的到来要在下午的一点半过，车夫若送我到湖边去呢，那下半日的他的买卖就没有了，要不是有特别的好处，大家是不愿意去的。况且时刻又来得不好，正是大家要去吃饭缴车的时候，所以等我从人丛中挤攒出来，想再回到车站前头去叫车的当儿，空洞的卵石马路上，只剩了些太阳的影子，黄包车夫却一个也看不见了。

没有办法，只好唱着“背转身，只埋怨，自己做差”而慢慢地踱过桥去，在无锡饭店的门口，反出了一个更贵的价目，才叫着了一乘黄包车拖我到了迎龙桥下。从迎龙桥起，前面是宽广的汽车道了，两公司的驶往梅园的公共汽车，隔十分就有一乘开行，并且就是不坐汽车，从迎龙桥起再坐小照会的黄包车去，也是十分舒适的。到了此地，又是我的世界了，而实际上从此地起，不但有各种便利的车子可乘，就是叫一只湖船，叫它直摇出去，到太湖边上去摇它一晚，也是极容易办到的事情，所以在一家新的公共汽车行的候车的长凳上坐下的时候，我心里觉得是已经到了太湖边上的开原乡一带，实在是住家避世的最好的地方。九龙山脉，横亘在北边，锡山一塔，障得往东来的烟灰煤气，西南望去，不是龙山山脉的蜿蜒的余波，便是太湖湖面的镜光的返照。到处有桑麻的肥地，到处有起屋的良材，耕地的整齐，道路的修广，和一种和平气象的横溢，是在江浙各农区中所找不出第二个来的好地。可惜我没有去做官，可惜我不曾积下些钱来，否则我将不买阳羡之田，而来这开原乡里置它的三十顷地。营五亩之居，筑一亩之室。竹篱之内，树之以桑，树之以麻，养些鸡豚羊犬，好供岁时伏腊置酒高会之资；酒醉饭饱，在屋前的太阳光中一躺，更可以叫稚子开一开留声机器，听听克拉衣斯勒的提琴的慢调或卡儿骚的高亢的悲歌。若喜欢看点新书，那火车一搭，只教有半日工夫，就可以到上海的璧恒、别发，去买些最近出版的优美的书来。这一点卑卑的愿望，啊啊，这一点在大人先生的眼里看起来，简直是等于矮子的一个小脚指头般大的奢望，我究竟要在何年何月，才享受得到呢？罢罢，这样的在公共汽车里坐着，这样地看看两岸的疾驰过去的桑田，这样地注视注视龙山的秋景，这样地吸收吸收不用钱买的日色湖光，也就可以了，很可以了，我还是不要作那样的妄想，且念首清诗，聊作个过屠门的大嚼罢！

Mine be a cot beside the hill A bee - hive’s hum shall soothe my ear;

A willowy brook that turns a mill, With many a fall shall linger near.

The swal’ow, oft, beneath my thatch, Shall twitter from her clay - built nest;

Oft shall the pilgrim lift the latch, And share my meal, a welcome guest,

Around my ivied porch shall spring
Each fragrant flower that drinks the dew,
And Lucy, at her wheel, shall sing
In russet – gown and apron blue.
The village – church among the trees,
Where first our marriage – vows were given,
With merry peals shall swell the breeze
And point with taper spire to Heaven.

这样地在车窗口同诗里的蜜蜂似的哼着念着，我们的那乘公共汽车，已经驶过了张巷荣巷，驶过了一支小山的腰岭，到了梅园的门口了。

四

梅园是无锡的大实业家荣氏的私园，系筑在去太湖不远的一支小山上的别业，我的在公共汽车里想起的那个愿望，他早已大规模地为我实现造好在这里了；所不同者，我所想的是一间小小的茅篷，而他的却是红砖的高大的洋房，我是要缓步以当车，徒步在那些桑麻的野道上闲走的，而他却因为时间是黄金就非坐汽车来往不可的这些违异。然而人同此心，心同此理，看将起来，有钱的人的心理，原也同我们这些无钱无业的闲人的心理是一样的，我在此地要感谢荣氏的竟能把我的空想去实现而造成这一个梅园，我更要感谢他既造成之后而能把它开放，并且非但把它开放，而又能在梅园里割出一席地来租给人家，去开设一个接待来游者的公共膳宿之场。因为这一晚我是决定在梅园里的太湖饭店内借宿的。

大约到过无锡的人总该知道，这附近的别墅的位置，除了刚才汽车通过的那支横山上的一个别庄之外，要算这梅园的位置算顶好了。这一条小小的东山，当然也是龙山西下的波脉里的一条，南去太湖，只有小三里不足的路程，而在这梅园的高处，如招鹤坪前，太湖饭店的二楼之上，或再高处那荣氏的别墅楼头，南窗开了，眼下就见得到太湖的一角，波光容与，时时与独山，管社山的山色相掩映。至于园里的瘦梅千树，小榭数间，和曲折的路径，高而不美的假山之类，不过尽了一点点缀的余功，并不足以语园林营造的匠心之所在的。所以梅园之胜，在它的位置，在它的与太湖的接而又离、离而又接的妙处，我的不远数十里的奔波，定要上此地来借它一宿的原因，也只想利用利用这一点特点而已。

在太湖饭店的二楼上把房间开好，喝了几杯既甜且苦的惠泉山酒之后，太阳已有点打斜了，但拿出表来一看，时间还只是午后的两点多钟。我的此来，原想看一看一位朋友所写过的太湖的落日，原想看看那落日与芦花相映的风情的，若现在就赶往湖滨，那未免去得太早，后来怕要生出久候无聊的感想来。所以走出梅园，我就先叫了一乘车子，再回到惠山寺去，打算从那里再由别道绕至湖滨，好去赶上看湖边的落日。但是锡山一停，惠山一转，遇见了些无聊的俗物在惠山泉水旁的大嚼豪游，及许多武装同志们的沿路的放肆高笑，我心里就感到了一心的不快，正同被强人按住在脚下，被他强塞了些灰土尘污到肚里边去的样子，我的脾气又发起来了，我只想登到无人来得的高山之上去尽情吐泻一番，好把肚皮里的抑郁灰尘都吐吐干净。穿过了惠山的后殿，一步一登，朝着只有斜阳和衰草在弄情调戏的濯濯的空山，不晓走了多少时候，我竟走到了龙山第一峰的头茅篷外了。目的总算达到了，惠山锡山寺里的那些俗物，都已踏踢在我的脚下。四大皆空，头上身边，只剩了一片蓝苍的天色和清淡的山岚。在此地我可以高啸，我可以俯视无锡城里的几十万为金钱名誉而在苦斗的苍生，我可以任我放开大口来骂一阵无论哪一个凡为我所疾恶者，骂之不足，还可以吐他的面，吐面不足，还可以以小便来浇上他的身头。我可以痛哭，我可以狂歌，我等爬山的急喘回复了一点之后，在那块头茅篷前的山峰头上竟一个人演了半日的狂态，直到喉咙干哑，汗水横流，太阳也倾斜到了很低很低的时候为止。

气竭力嘶，狂歌高叫的声音停后，我的两只本来是为我自己的噪聒弄得昏昏的耳里，忽而沁地钻入了一层寂静，风也无声，日也无声，天地草木都仿佛在一击之下变得死寂了。沉默，沉默，沉默，空处都只是沉默。我被这一种深山里的静寂压得怕起来了，头脑里却起了一种很可笑的后悔。“不要这世界完全被我骂得陆沉了哩?”我想，“不要山鬼之类听了我的啸声来将我接受了去，接到了他们的死灭的国里去了哩?”我又想，“我在这里踏着的不要不是龙山山头，不要是阴间的滑油山之类哩?”我再想。于是我就注意看了看四边的景物，想证一证实我这身体究竟还是仍旧活在这卑污满地的阳世呢，还是已经闯入了那个鬼也在想革命而谋做阎王的阴间。

朝东望去，远散在锡山塔后的，依旧是千万的无锡城内的民家和几个工厂的高高的烟突，不过太阳斜低了，比起午前的光景来，似乎加添了一点倦意。俯视下去，在东南的角里，桑麻的林影，还是很浓密的，并且在那条白线似的大道上，还有行动的车类的影子在那里前进呢，那么至少，四周都只是死灭的这一个观念总可以打破了。我宽了一宽心，更掉头朝向了西南，太阳落下了，西南全面，只是眩目的湖光，远处银蓝蒙溟，当是湖中间的峰面的暮霭，西面各小山的面影，也都变成了紫色了。因为看见了斜阳，看见了斜阳影里的太湖，我的已经闯入了死界的念头虽则立时打消，但是日暮途穷，只一个人远处在荒山顶上的一种实感，却油然地代之而起。我就伸长了脖子拼命地查看起四面的路来，这时候我实在只想找出一条近而且坦的便道，好遵此便道而赶回家去。因为现在我所立着的，是龙山北脉在头茅篷下折向南去的一条支岭的高头，东西南三面只是岩石和泥沙，没有一条走路的。若再回至头茅篷前，重沿了来时的那条石级，再下至惠山，则无缘无故便白白地不得不多走许多的回头曲路，大丈夫是不走回头路的，我一边心里虽在这样的同小孩子似的想着，但实在我的脚力也有点虚竭了。“啊啊，要是这儿有一所庵庙的话，那我就可以不必这样地着急了。”我一边尽在看四面的地势，一边心里还在作这样的打算，“这地点多么好啊，东面可以看无锡全市，西面可以见太湖的夕阳，后面是头茅篷的高顶，前面是朝正南的开原乡一带的村落，这里比起那头茅篷来，形势不晓要好几十倍。无锡人真没有眼睛，怎么会将这一块龙山南面的平坦的山岭这样地弃置着，而不来造一所庵庙的呢？唉唉，或者他们是将这一个好地方留着，留待我来筑室幽居的罢？或者几十年后将有人来，因我今天的在此一哭而为我起一个痛哭之台，而与我那故乡的谢氏西台来对立的吧？哈哈，哈哈。不错，很不错。”末后想到了这一个夸大妄想狂者的想头之后，我的精神也抖擞起来了，于是拔起脚跟，不管它有路没有路，只是往前向那条朝南斜拖下去的山坡下乱走。结果在乱石上滑坐了几次，被荆棘钩破了一块小襟和一双线袜，跳过了几块岩石，不到三十分钟，我也居然走到了那支荒山脚下的坟堆里了。

到了平地的坟树林里来一看，西天低处太阳还没有完全落尽，走到了离坟不远的一个小村子的时候，我看了看表，已经是五点多了。村里的人家，也已经在预备晚餐，门前晒在那里的干草豆萁，都已收拾得好好，老农老妇都在将暗未暗的天空下，在和他们的孙儿孙女游耍。我走近前去，向他们很恭敬地问了问到梅园的路径，难得他们竟有这样的热心，居然把我领到了通汽车的那条大道之上。等我雇好了一乘黄包车坐上，回头来向他们道谢的时候，我的眼角上却又扑簌簌地滚下了两粒感激的大泪来。

五

山居清寂，梅园的晚上，实在是太冷静不过。吃过了晚饭，向庭前去一走，只觉得四面都是茫茫的夜雾和每每的荒田，人家也看不出来，更何况乎灯烛辉煌的夜市。绕出园门，正想拖了两只倦脚走向南面野田里去的时候，在黄昏的灰暗里我却在门边看见了一张有几个大字写在那里的白纸。摸近前去一看，原来是中华艺大的旅行写生团的通告。在这中华艺大里，我本有一位认识的画家C君在那里当主任的，急忙走回饭店，教茶房去一请，C君果然来了。我们在灯下谈了一会，又出去在园中的高亭上站立了许多时候。这一位不趋时尚，只在自己精进自己的技艺的画家，平时总老是讷讷不愿多说话的，然而今天和我的这他乡的一遇，仿佛把他的习惯改过来了，我们谈了些以艺术作了招牌，拼命地在运动做官做委员的艺术家的行为。我们又谈到了些设了很好听的名目，而实际上只在骗取青年学子的学费的艺术教育家的心迹。我们谈到了艺术的真髓，谈到了中国的艺术的将来，谈到了革命的意义，谈到了社会上的险恶的人心，到了叹声连发，不忍再谈下去的时候，高亭外的天色也完全黑了。两人伸头出去，默默地只看了一回天上的几颗早见的明星。我们约定了下次到上海时，再去江湾访他的画室的日期，就各自在黑暗里分手走了。

大约是一天跑路跑得太多了的缘故罢，回旅馆来一睡，居然身也不翻一个，好好儿地睡着了。约莫到了残宵二三点钟的光景，槛外的不知哪一个庙里来的钟声，尽是当当当当地在那里慢击。我起初梦醒，以为附近报火的钟声，但披衣起来，到室外廊前去一看，不但火光看不出来，就是火烧场中老有的那一种叫噪的人号狗吠之声也一些儿听它不出。庭外如云如雾，静浸着一庭残月的清光。满屋沉沉，只充满着一种遥夜酣眠的呼吸。我为这钟声所诱，不知不觉，竟扣上了衣裳，步出了庭前，将我的孤零的一身，浸入了仿佛是要粘上衣来的月光海里。夜雾从太湖里蒸发起来了，附近的空中，只是白茫茫的一片。叉桠的梅树林中，望过去仿佛是有人立在那里的样子。我又慢慢地从饭店的后门，步上了那个梅园最高处的招鹤坪上。南望太湖，也辨不出什么形状来，不过只觉得那面的一块空阔的地方，仿佛是由千千万万的银丝织就似的，有月光下照的清辉，有湖波返射的银箭，还有如无却有，似薄还浓，一半透明，一半黏湿的湖雾湖烟，假如你把身子用力地朝南一跳，那这一层透明的白网，必能悠扬地牵举你起来，把你举送到王母娘娘的后宫深处去似的。这是我当初看了那湖天一角的景象的时候的感想。但当万籁无声的这一个月明的深夜，幽幽地慢慢地，被那远寺的钟声，当嗡，当嗡地接连着几回有韵律似的催告，我的知觉幻想，竟觉得渐渐地渐渐地麻木下去了，终至于什么也不想，什么也不干，两只脚柔软地跪坐了下去，眼睛也只同呆了似的钉视住了那悲哀的残月不能动了。宗教的神秘，人性的幽幻，大约是指这样的时候的这一种心理状态而说的罢，我像这样的和耶稣教会的以马内利的圣像似的，被那幽婉的钟声，不知魔伏了许多时，直到钟声停住，木鱼声发，和尚——也许是尼姑——的念经念咒的声音幽幽传到我耳边的时候，方才挺身立起，回到了那旅馆的居室里来，这时候大约去天明总也已经不远了吧？

回房不知又睡着了几个钟头，等第二次醒来的时候，前窗的帷幕缝中却漏入了几行太阳的光线来。大约时候总也已不早了，急忙起来预备了一下，吃了一点点心，我就出发到太湖湖上去。天上虽各处飞散着云层，但晴空的缺处，看起来仍可以看得到底的，所以我知道天气总还有几日好晴。不过太阳光太猛了一点，空气里似乎有多量的水蒸气含着，若要登高处去望远景，那像这一种天气是不行的，因为晴而不爽，你不能从厚层的空气里辨出远处的寒鸦林树来，可是只要看看湖上的风光，那像这样的晴天，也已经是尽够的了。并且昨晚上的落日没有看成，我今天却打算牺牲它一天的时日，来试试太湖里的远征，去找出些前人所未见的岛中僻景来，这是当走出园门，打杨庄的后门经过，向南走入野田，在走上太湖边上去的时候的决意。

太阳升高了，整洁的野田里已有早起的农夫在辟土了。行经过一块桑园地的时候，我且看见了两位很修媚的姑娘，头上罩着了一块白布，在用了一根竹竿，打下树上的已经黄枯了的桑叶来。听她们说这也是蚕妇的每年秋季的一种工作，因为枯叶在树上悬久了，那老树的养分不免要为枯叶吸几分去，所以打它们下来是很要紧的，并且黄叶干了，还可以拿去生火当柴烧，也是一举两得的事情。

在野田里的那条通至湖滨的泥路，上面铺着的尽是些细碎的介虫壳儿，所以阳光照射下来，有几处虽只放着明亮的白光，但有几处简直是在发虹霓似的彩色。

像这样的有朝阳晒着的野道，像这样的有林树小山围绕着的空间，况且头上又是青色的天，脚底下并且是五彩的地，饱吸着健康的空气，摆行着不急的脚步，朝南地走向太湖边去，真是多么美满的一幅清秋行乐图呀！但是风云莫测，急变就起来了，因为我走到了管社山脚，正要沿了那条山脚下新辟的步道走向太湖旁的一小湾，俗名五里湖滨的时候，在山道上朝着东面的五里湖心却有两位着武装背皮带的同志和一位穿长袍马褂的先生立在那里看湖面的扁舟。太阳光直射在他们的身上，皮带上的镀镍的金属，在放异样的闪光。我毫不留意地走近前去，而听了我的脚步声将头掉转来的他们中间的武装者的一位，突然叫了我一声，吃了一惊，我张开了大眼向他一看，原来是一位当我在某地教书的时候的从前的学生。

他在学校里的时候本来就是很会出风头的，这几年来际会风云，已经步步高升成了党国的要人了，他的名字我也曾在报上看见过几多次的，现在突然地在这一个地方被他那么的一叫，我真骇得颜面都变成了土色了。因为两三年来，流落江湖，不敢出头露面的结果，我每遇见一个熟人的时候，心里总要怦怦地惊跳。尤其是在最近被几位满含恶意的新闻记者大书了一阵我的叛党叛国的记载以后，我更是不敢向朋友亲戚那里去走动了。而今天的这一位同志，却是党国的要人，现任的中央机关里的党务委员，若论起罪来，是要从他的手中发落的，冤家路窄，这一关叫我如何地偷逃过去呢？我先发了一阵抖，立住了脚呆木了一下，既而一想，横竖逃也逃不脱了，还是大着胆子迎上去罢，于是就立定主意保持着若无其事的态度，前进了几步，和他握了握手。

“呵！怎么你也会在这里！”我很惊喜似的装着笑脸问他。

“真想不到在这里会见到先生的，近来身体怎么样？脸色很不好哩！”他也是很欢喜地问我。看了他这样态度，我的胆子放大了，于是就造了一篇很圆满的历史出来报告给他听。

我说因为身体不好，到太湖边上来养病已经有两年多了，自从去年夏天起，并且因为闲空不过，就在这里聚拢了几个小学生来在教他们的书，今天是礼拜，所以才出来走走，但吃中饭的时候却非要回去不可的，书房是在城外××桥××巷的第××号，我并且要请他上书房去坐坐，好细谈谈别后的闲天。我这大胆的谎语原也已经听见了他这一番来锡的任务之后才敢说的，因为他说他是来查勘一件重大党务的，在这太湖边上一转，午后还要上苏州去，等下次再有来无锡的机会的时候再来拜访，这是他的遁词。

他为我介绍了那另外的两位同志，我们就一同的上了万顷堂，上了管社山，我等不到一碗清茶泡淡的时候，就设辞和他们告别了。这样的我在惊恐和疑惧里，总算访过了太湖，游尽了无锡，因为中午十二点的时候我已同逃狱囚似的伏在上行车的一角里在喝压惊的“苦配”啤酒了。这一次游无锡的回味，实在也同这啤酒的味儿差仿不多。

一九二八年十一月作者在途中记

杭　州

杭州的出名，一大半是为了西湖。而人工的建设，都会的形成，初则是由于唐末五代，武肃王钱镠（西历十世纪初期）的割据东南，——“隋朝特创立此郡城，仅三十六里九十步；后武肃钱王，发民丁与十三寨军卒，增筑罗城，周围七十里许……”（吴自牧《梦粱录》卷七）——再则是由于南宋建炎三年（一一二九），高宗的临安驻跸，奠定国都。至若唐白乐天与宋苏东坡的筑堤导水，原也有功于杭郡人民，可是仅仅一位醉酒吟诗携妓的郡守的力量，无论如何，也是不能和帝王匹敌的。

据说，杭州的杭字，是因“禹末年，巡会稽至此，舍航登陆，乃名杭，始见于文字”。（柴虎巨著《杭州沿革大事考》）因之，我们可以猜想，禹以前，杭州总还是一个泽国。而这一个四千余年前的泽国，后来为越为吴，也为吴越的战场，为东汉的浙江，为三国吴的富春，为晋的吴郡，为隋唐的杭州，两为偏安国都，迭为省治，现在并且成了东南五省交通的孔道，歌舞喧天，别庄满地，简直又要恢复南宋当时的首都旧观了。

我的来住杭州，本不是想上西湖来寻梦，更不是想弯强弩来射潮；不过妻杭人也，雅擅杭音，父祖富春产也，歌哭于斯，叶落归根，人穷返里，故乡鱼米较廉，借债亦易——今年可不敢说——屋租尤其便宜，铩羽归来，正好在此地偷安苟活，坐以待亡。搬来住后，岁月匆匆，一眨眼间，也已经住了一年有半了。朋友中间晓得我的杭州住址者，于春秋佳日，旅游西湖之余，往往肯命高轩来枉顾。我也因独处穷乡，孤寂得可怜，我朋自远方来，自然喜欢和他们谈谈旧事，说说杭州。这么一来，不几何时，大家似乎已经把我看成了杭州的管钥，山水的东家。《中学生》杂志编者的特地写信来要我写点关于杭州的文章，大约原因总也在于此。

关于杭州一般的兴废沿革，有《浙江通志》《杭州府志》《仁钱县志》诸大部的书在；关于杭州的掌故，湖山的史迹等等，也早有了光绪年间钱塘丁申、丁丙两氏编刻的《武林掌故丛编》《西湖集览》与新旧《西湖志》《湖山便览》以及诸大书局大文豪的西湖游记或西湖游览指南诸书，可作参考。所以在这里，对这些，我不想再来饶舌，以虚费纸面和读者的光阴。第一，我觉得还值得一写，而对于读者，或者也不至于全然没趣的，是杭州人的性格。所以，我打算先从“杭州人”讲起。

第一个杭州人，究竟是哪里来的？这杭州人种的起源问题，怕同先有鸡蛋呢还是先有鸡一样，就是叫达尔文从阴司里复活转来，也很不容易解决。好在这些并非是我们的主题，故而假定当杭州这一块陆土出水不久，就有些野蛮的，好渔猎的人来住了，这些蛮人，我们就姑且当他们是杭州人的祖宗。吴越国人，一向是好战、坚忍、刻苦、猜忌，而富于巧智的。自从用了美人计，征服了姑苏以来，兵事上虽则占了胜利，但民俗上却吃了大亏；喜斗、坚忍、刻苦之风，渐渐地消灭了。倒是猜忌，使计诸官能，逐步发达了起来。其后经楚威王、秦始皇、汉高帝等的挞伐，杭州人就永远处在了被征服者的地位，隶属在北方人的胯下。三国纷纷，孙家父子崛起，国号曰吴，杭州人总算又吐了一口气，这一口气，隐忍过隋唐两世，至钱武肃王而吐尽。不久南宋迁都，固有的杭州人的骨里，混入了汴京都的人士的文弱血球，于是现在的杭州人的性格，就此决定了。

意志的薄弱，议论的纷纭；外强中干，喜撑场面；小事机警，大事糊涂；以文雅自夸，以清高自命；只解欢娱，不知振作等等，就是现在的杭州人的特性。这些虽然是中国一般人的通病，但是看来看去，我总觉得以杭州人为尤甚。所以由外乡人说来，每以为杭州人是最狡猾的人，狡猾得比上海滩上的滑人还要厉害。但其实呢，杭州人只晓得占一点眼前的小利小名，暗中在吃大亏，可是不顾到的。等到大亏吃了，杭州人还要自以为是，自命为直，无以名之，名之曰“杭铁头”以自慰自欺。生性本是勤而且俭的杭州人，反以为勤俭是倒霉的事情，是贫困的暴露，是与面子有关的，所以父母教子弟的第一个原则，就是教他们游惰过日，摆大少爷的架子。等空壳大少爷的架子学成，父母年老，财产荡尽的时候，这些大少爷们在白天，还要上西湖去逛逛，弄件把长衫来穿穿，饿着肚皮而高使着牙签；到了晚上上黑暗的地方跪着讨饭，或者扒点东西，倒满不在乎，因为在黑暗里人家看不见，与面子还是无关，而大少爷的架子却不可不摆。至于做匪做强盗呢，却不会，决不会，杭州人并不是没有这个胆量，但杀头的时候要反绑着手去游街示众，与面子有关；最勇敢的杭州人，亦不过做做小窃而已。

唯其是如此，所以现在的杭州人，就永远是保有着被征服的资格的人；风雅倒很风雅，浅薄的知识也未始没有，小名小利，一着也不肯放松，最厉害的尤其是一张嘴巴。外来的征服者，征服了杭州人后，过不上三代，就也成了杭州人了，于是剃头者人亦剃其头，几十年后，仍复要被新的征服者来征服。照例类推，一年一年地下去。现在残存在杭州的固有杭州老百姓，计算起来，怕已经不上十个指头了。

人家说这是因为杭州的山水太秀丽了的缘故。西湖就像是一位“二八佳人体似酥”的狐狸精，所以杭州决出不出好子弟来。这话哩，当然也含有着几分真理。可是日本的山水，秀丽处远在杭州之上；瑞士我不晓得，意大利的风景画片我们总也时常看见的吧，何以外国人都可以不受着地理的限制，独有杭州人会陷入这一个绝境去的呢？想来想去，我想总还是教育的不好。杭州的家庭教育、社会教育、学校教育，总非要彻底地改革一下不可。

其次是该讲杭州的风俗了。岁时习俗，显露在外表的年中行事，大致是与江南各省相通的；不过在杭州像婚丧喜庆等事，更加要铺张一点而已。关于这一方面，同治年间有一位钱塘的范月桥氏，曾作过一册《杭俗遗风》，写得比较详细，不过现在的杭州风俗，细看起来，还是同南宋吴自牧在《梦粱录》里所说的差仿不多，因为杭州人根本还是由那个时候传下来，在那个时候改组过的人。都会文化的影响，实在真大不过。

一年四季，杭州人所忙的，除了生死两件大事之外，差不多全是为了空的仪式，就是婚丧生死，一大半也重在仪式。丧事人家可以出钱去雇人来哭。喜事人家也有专门说好话的人雇在那里借讨彩头。祭天地，祀祖宗，拜鬼神等等，无非是为了一个架子，甚至于四时的游逛，都列在仪式之内，到了时候，若不去一定的地方走一遭，仿佛是犯了什么大罪，生怕被人家看不起似的。所以明朝的高濂，做了一部《四时幽赏录》，把杭州人在四季中所应做的闲事，详细列叙了出来。现在我只教把这四时幽赏的简目，略抄一下，大家就可以晓得吴自牧所说的“临安风俗，四时奢侈，赏观殆无虚日”的话的不错了。

一、春时幽赏：孤山月下看梅花，八卦田看菜花，虎跑泉试新茶，西溪楼啖煨笋，保俶塔看晓山，苏堤看桃花，等等。

二、夏时幽赏：苏堤看新绿，三生石谈月，飞来洞避暑，湖心亭采莼，等等。

三、秋时幽赏：满家弄赏桂花，胜果寺望月，水乐洞雨后听泉，六和塔夜玩风潮，等等。

四、冬时幽赏：三茅山顶望江天雪霁，西溪道中玩雪，雪后镇海楼观晚炊，除夕登吴山看松盆，等等。

将杭州人的坏处，约略在上面说了之后，我却终觉不得不对杭州的山水，再来一两句简单的批评。西湖的山水，若当盆景来看，好处也未始没有，就是在它的比盆景稍大一点的地方。若要在西湖近处看山的话，那你非要上留下向西向南再走二三十里路不行。从余杭的小和山走到了午潮山顶，你向四面一看，就有点可以看出浙西山脉的大势来了。天晴的时候，西北你能够看得见天目，南面脚下的横流一线，东下海门，就是钱塘江的出口，龛赭二山，小得来像天文镜里的游星。若嫌时间太费，脚力不继的话，那至少你也该坐车下江干，过范村，上五云山头去看看隔岸的越山，与钱塘江上游的不断的峰峦。况且五云山足，西下是云栖，竹木清幽；地方实在还可以。从五云山向北若沿郎当岭而下天竺，在岭脊你就可以看到西岭下梅家坞的别有天地，与东岭下西湖全面的镜样的湖光。

若要再近一点，来玩西湖，我觉得南山终胜于北山，凤凰山胜果寺的荒凉远大，比起灵隐、葛岭来，终觉回味要浓厚一点。

还有北面秦亭山法华山下的西溪一带呢，如花坞秋雪庵、茭芦庵等处，散疏雅逸之致，原是有的，可是不懂得南画，不懂得王维、韦应物的诗意的人，即使去看了，也是毫无所得的。

离西湖十余里，在拱宸桥的东首，地当杭州的东北，也有一簇山脉汇聚在那里。俗称“半山”的皋亭山，不过因近城市而最出名，讲到景致，则断不及稍东的黄鹤峰与偏北的超山。况且超山下的居民，以植果木为业，旧历二月初，正月底边的大明堂外（吴昌硕的坟旁）的梅花，真是一个奇观，俗称“香雪海”的这个名字，觉得一点儿也不错。

此外还有关于杭州的饮食起居的话，我不是做西湖旅行指南的人，在此地只好不说了。

一九三四年三月

西溪的晴雨

西北风未起，蟹也不曾肥，我原晓得芦花总还没有白，前两星期，源宁来看了西湖，说他倒觉得有点失望，因为湖光山色，太整齐，太小巧，不够味儿。他开来的一张节目上，原有西溪的一项；恰巧第二天又下了微雨，秋原和我就主张微雨里下西溪，好教源宁去尝一尝这西湖近旁的野趣。

天色是阴阴漠漠的一层，湿风吹来，有点儿冷，也有点儿香，香的是野草花的气息。车过方井旁边，自然又下车来，去看了一下那座天主圣教修士们的古墓。从墓门望进去，只是黑沉沉，冷冰冰的一个大洞，什么也看不见，鼻子里却闻吸到了一种霉灰的阴气。

把鼻子掀了两掀，耸了一耸肩膀，大家都说，可惜忘记带了电筒，但在下意识里，自然也有一种恐怖、不安和畏缩的心意，在那里作恶，直到了花坞的溪旁，走进窗明几净的静莲庵堂去坐下，喝了两碗清茶，这一些鬼胎，方才洗涤了个空空脱脱。

游西溪，本来是以松木场下船，带了酒盒行厨，慢慢儿地向西摇去为正宗。像我们那么高坐了汽车，飞鸣而过古荡、东岳，一个钟头要走百来里路的旅客，终于是难度的俗物。但是物也有俗益。你若坐在汽车座里，引颈而向西向北一望，直到湖州，只见一派空明，遥盖在淡绿成阴的斜平海上；这中间不见水，不见山，当然也不见人，只是涉涉茫茫，青青绿绿，远无岸，近亦无田园村落的一个大斜坡，过秦亭山后，一直到留下为止的那一条沿山大道上的景色，好处就在这里，尤其是当微雨朦胧，江南草长的春或秋的半中间。

从留下下船，回环曲折，一路向西向北，只在芦花浅水里打圈圈；圆桥茅舍，桑树蓼花，是本地的风光，还不足道；最古怪的，是剩在背后的一带湖上的青山，不知不觉，忽而又会得移上你的面前来，和你点一点头，又匆匆地别了。

摇船的少女，也总好算是西溪的一景：一个站在船尾把摇橹，一个坐在船头上使桨，身体一伸一俯，一往一来，和橹声的咿呀，水波的起落，凑合在一大又圆又曲的进行软调；游人到此，自然会想起瘦西湖边，竹西歌吹的闲情，而源宁昨天在漪园月下老人神速里求得的那支灵签，仿佛是完全地应了。签诗的语文，是《庸风·桑中》章末后三句，叫作“期我乎桑中，要我乎上宫，送我乎淇之上矣”。

此后便到了交芦庵，上了弹指楼，因为是在雨里，带水拖泥，终于也感不到什么的大趣，但这一天向晚回来，在湖滨酒楼上放谈之下，源宁却一本正经地说：“今天的西溪却比昨日的西湖，要好三倍。”

前天星期假日，日暖风和，并且在报上也曾看到了芦花怒放的消息；午后日斜，老龙夫妇，又来约去西溪，去的时候，太晚了一点，所以只在秋雪庵的弹指楼上，消磨了半日之半。一片斜阳，反照在芦花浅渚的高头，花也并未怒放，树叶也不曾凋落，原不见秋，更不见雪，只是一味的晴明浩荡，飘飘然，浑浑然，洞贯了我们的肠腑。老僧无相，烧了面，泡了茶，更送来了酒，末后还拿出了纸和墨，我们看看日影下的北高峰，看看庵旁边的芦花荡，就问无相，花要几时才能全白？老僧操着缓慢的楚国口音，微笑着说：“总要到阴历十月的中间；若有月亮，更为出色。”说后，还提出了一个交换的条件，要我们到那时候，再去一玩，他当预备些精馔相待，聊当作润笔，可是今天的字，却非写不可。老龙写了“一剑横飞破六合，万家憔悴哭三吴”的十四个字，我也附和着抄了副不知在哪里见过的联语：“春梦有时来枕畔，夕阳依旧上帘钩。”

喝得酒醉醺醺，走下楼来，小河里起了晚烟，船中间满载了黑暗，龙妇又逸兴遄飞，不知上哪里去摸出了一支洞箫来吹着。“其声呜呜然，如怨如慕，如泣如诉，余音袅袅，不绝如缕”，倒真有点像是七月既望，和东坡在赤壁的夜游。

一九三五年十月二十四日

花 坞

“花坞”这一个名字，大约是到过杭州，或在杭州住上几年的人，没有一个不晓得的，尤其是游西溪的人，平常总要一到花坞。二三十年前，汽车不通，公路未筑，要去游一次，真不容易；所以明明知道这花坞的幽深清绝，但脚力不健，非好游如好色的诗人，不大会去。现在可不同了，从湖滨向北向西的坐汽车去，不消半个钟头，就能到花坞口外。而花坞的住民，每到了春秋佳日的放假日期，也会成群结队，在花坞口的那座凉亭里鹄候，预备来做一个临时导游的角色，好轻轻快快地赚取游客的两毛小洋；现在的花坞，可真成了第二云栖，或第三九溪十八涧了。

花坞的好处，是在它的三面环山，一谷直下的地理位置，石人坞不及它的深，龙归坞没有它的秀。而竹木萧疏，清溪蜿绕，庵堂错落，尼媪翩翩，更是花坞独有的迷人风韵。将人来比花坞，就像浔阳商妇，老抱琵琶；将花来比花坞，更像碧桃开谢，未死春心；将菜来比花坞，只好说冬菇烧豆腐，汤清而味隽了。

我的第一次去花坞，是在松木场放马山背后养病的时候，记得是一天日和风定的清秋的下午，坐了黄包车，过古荡，过东岳，看了伴凤居，访过风木庵（是钱塘丁氏的别墅），感到了口渴，就问车夫，这附近可有清静的乞茶之处？他就把我拉到了花坞的中间。

伴凤居虽则结构堂皇，可是里面却也坍败得可以；至于杨家牌楼附近的风木庵哩，丁氏的手迹尚新，茅庵的木架也在，但不晓怎么，一走进去，就感到了一种扑人的霉灰冷气。当时大厅上停在那里的两口丁氏的棺材，想是这一种冷气的发源之处，但泥墙倾圮，蛛网绕梁，与壁上挂在那里的字画屏条一对比，极自然地令人生出了“俯仰之间，已成陈迹”的感想。因为刚刚在看了这两处衰落的别墅之后，所以一到花坞，就觉得清新安逸，像世外桃源的样子了。

自北高峰后，向北直下的这一条坞里，没有洋楼，也没有伟大的建筑，而从竹叶杂树中间透露出来的屋檐半角，女墙一围，看将过去却又显得异常的整洁，异常的清丽。英文字典里有 Cottase 的这一个名字；而形容这些茅屋田庄的安闲小洁的字眼，又有着许多像 Tiny、Dainty、Snug 的绝妙佳词，我虽则还没有到过英国的乡间，但到了花坞，看了这些小庵却不能自已地便想起了这种只在小说里读过的英文字母。我手指着那些在林间散点着的小小的茅庵，回头来就问车夫：“我们可能进去?”车夫说：“自然是可以的。”于是就在一曲溪旁，走上了山路高一段的地方，到了静掩在那里的，双黑板的墙门之外。

车夫使劲敲了几下，庵里的木鱼声停了，接着门里头就有一位女人的声音，问外面谁在敲门。车夫说明了来意，铁门闩一响，半边的门开了，出来迎接我们的，却是一位白发盈头，皱纹很少的老婆婆。

庵里面的洁净，一间一间小房间的布置的清华，以及庭前屋后树木的参差掩映，和厅上佛座下经卷的纵横，你若看了之后，仍不起皈依弃世之心的，我敢断定你就是没有感觉的木石。

那位带发修行的老比丘尼去为我们烧茶煮水的中间，我远远听见了几声从谷底传来的鹊噪的声音；大约天时向暮，乌鹊来归巢了，谷里的静，反因这几声的急噪，而加深了一层。

我们静坐着，喝干了两壶极清极酽的茶后，该回去了，迟疑了一会，我就拿出了一张纸币，当作茶钱，那一位老比丘尼却笑起来了，并且婉慢地说：

“先生！这可以不必；我们是清修的庵，茶水是不用钱买的。”

推让了半天，她不得已就将这一元纸币交给了车夫，说：“这给你做个外快吧！”

这老尼的风度，和这一次逛花坞的情趣，我在十余年后的现在，还在津津地感到回味。所以前一礼拜的星期日，和新来杭州住的几位朋友遇见之后，他们问我：“上那里去玩?”我就立时提出了花坞，他们是有一乘自备汽车的，经松木场，过古荡东岳而去花坞，只须二十分钟，就可以到。

十余年来的变革，在花坞里也留下了痕迹。竹木的清幽，山溪的静妙，虽则还同太古时一样，但房屋加多了，地价当然也增高了几百倍；而最令人感到不快的，却是这花坞的住民的变作了狡猾的商人。庵里的尼媪，和退院的老僧，也不像从前的恬淡了，建筑物和器具之类，并且处处还受着了欧洲的下劣趣味的恶化。

同去的几位，因为没有见到十余年前花坞的处女时期，所以仍旧感觉得非常满意，以为九溪十八涧、云栖决没有这样的清幽深邃；但在我的内心，却想起了一位素朴天真，沉静幽娴的少女，忽被有钱有势的人奸了以后又被弃的状态。

一九三五年三月二十四日

国道飞车记

两浙的山水，差不多已经看到十之七八了，只有杭州北去，所谓京杭国道的一带，自从汽车路修成之后，却终于没有机会去游历。像莫干山，像湖州，像长兴等处，我去的时候，都系由拱宸桥坐小火轮而去，至今时隔十余年，现在汽车路新通，当然又是景象一变了，因而每在私私地打算，想几时腾出几日时间来，从杭州向北，一直地到南京为止，再去试一番混沌的游行。

七月二十一日，亦即阴历六月下旬的头一天，正当几日酷暑后的一个伏里的星期假日，赵公夫妇，先期约去宜兴看善卷庚桑两洞的创制规模；有此一对好游侣，自然落得去领略领略祝英台的故宅，张道陵的仙岩了。所以早晨四点钟的时候，就性急慌忙地立向了苍茫的晨色之中，像一只鹤样，伸长了头，尽在等待着一九五号汽车的喇叭声来。

六点多钟到了旗下，和朱惠清夫妇，一共三对六人，挤入了一辆培克轿车的中间。出武林门，过小河寨，走上两旁有白杨树长着的国道的时候，大家只像是笼子里放出来的小鸟，嘻嘻哈哈。你说一声："这风景多么好啊！"我唱一句："青山绿水常在面前！"把所有的人生之累，都撒向汽车后面的灰尘里去了。

飞跑了二三十分钟，面前看见了一条澄碧的清溪，溪上有一围小山，山上山下更有无数的白壁的人家，倒映在溪水的中流，大家都说是瓶窑到了；是拱宸桥以北的第一个大镇，也就是杭州属下四大镇中间的一个。前两个月，由日本庚款中拨钱创设的上海自然科学研究所所长中尾博士来浙江调查地质，曾对我说过，瓶窑是五百年前窑业极盛的地方；虽则土质不十分细致，但若开掘下去，也还可以掘出许多有价值的古瓶古碗来。车从那条架在苕溪溪上的木桥上驶过，我心里正在打算，想回来的时候，时间若来得及，倒也可以下车去看看，这瓶窑究竟是一个怎么样的地方。

当这一个念头正还没有转完，汽车到了山后，却迟迟迟地突然发出了几声异样的响声。勃来克一攀，车刹住了；车夫跳下去检查了一下，上来再踏；车身竟摆下了架子，再也不肯动了；我们只能一齐下来，在野道旁一处车水的地方暂息了一下尘身。等车夫上瓶窑公路车站去叫了机器师来检查的时候，我们已经吃完了几个茶叶蛋，两杯黄酒和三个梨儿；而四周的野景，南面的山坡，和一池浅水，数簇疏林，还不算是正式的下酒之物。

唱着自然的大道之歌，和一群聚拢来看热闹的乡下顽童，亨落呵落地将汽车倒推了车站的旁边，赵公夫妇就忙去打电话叫汽车；不负责任的我们四人，便幸灾乐祸，悠悠地踏上了桥头，踏上了后窑的街市，大嚼了一阵油条烧饼，炒豆黄金瓜。好容易把电话打通，等第二乘汽车自杭州出发来接替的中间，我们大家更不忙不怕，在四十几分钟之内，游尽了瓶窑镇上磨子心、横街等最热闹的街市，看遍了四面有绿水回环着的回龙寺的伽蓝。

当第二乘接替的汽车到来，喇叭吹着，催我们再上车去的一刻，我们立在回龙寺东面的小桥栏里，看看寺后的湖光，看看北面湖上的群山，更问问上这寺里来出家养老，要出几百元钱才可以买到一所寮房的内部组织，简直有点儿不想上车，不想再回到红尘人世去的样子。

因为在瓶窑耽误了将近两小时的工夫，怕前程路远，晚上赶不及回杭州，所以汽车一发，就拼命地加紧了速度；所以驶过湖州，驶过烟波浩荡的太湖边上，都不曾下来拥鼻微吟，学一学骚人雅士的流连风景。但当走过江浙交界的界碑的瞬间，与过国道正中途，太湖湖上有许多妨碍交通的木牌坊立着的一刹那，大家的心里，也莫名其妙地起了一种感慨，这是人类当自以为把“无限”征服了的时候，必然地要起来的一种感慨，宇宙之中，最显而易见的“无限”的观念，是空间与时间；人生天地间，与无限的时间和空间来一较量，实在是太渺小太可怜了；于是乎就得想个法子出来，好让大家来自慰一下。所以国界省界县界等等，就是人类凭了浅薄的头脑，想把无限的空间来加以限制的一种小玩意儿；里程的记数，与夫山川界路的划分，用意虽在保持私有财产的制度，但实际却可以说是我们对于“无限”想加以征服的企图。把一串不断的时间来划成年，分成月，更细切成日与时与分，其用意也在乎此，就是数的设定，也何尝不是出于这一种人类的野心？因为径寸之木，以二分之，便一辈子也分不完，一加一地将数目连加上去，也同样一辈子都加不尽的。

车过太湖，于受到了这些说不出理由的感动之外，我们原也同做梦似的从车窗里看到了一点点风景。烈日下闪烁着的汪洋三万六千顷的湖波，以及老远老远浮在那里的马迹山洞庭山等的岛影，从飞驰着的汽车窗里遥望过去，却像是电影里的外景，也像是走马灯上的湖山。而正当京杭国道的正中，从山坡高处，在土方堤下看得见的那些草舍田畴，农夫牛马，以及青青的草色，矮矮的树林，白练的湖波，蜿蜒的溪谷，更像是由一位有艺术趣味的模型制作家手捏出来的山谷的缩图。

从国道向西岔去，又在高低不平的新筑支路上疾驰了二三十分钟，正当正午，车子却到了善卷洞外了。

善卷洞外的最初的印象，是一排不大有树木的小山，和许多颜色不甚调和的水泥亭子及洋房，虽说是洋房，但洞口的那一座大建筑物，图样也实在真坏；或许是建筑未完，布置未竣，所以给来游的人的最初印象，不甚高明；但洞内的水门汀路，及岩壁的开凿等工程，也着实还有些可以商量的地方。在我们这些曾经见过广西的岩洞，与北山三十六洞天的游客看来，觉得善卷洞也不过是一个寻常的山洞而已，可是储先生的苦心经营，花了十余万块钱，直到现在也还没有完工的那一种毅力，却真值得佩服得很。善卷洞的最大特点，是由洞底流向后山出口的那一条洞里的暗水，坐坐船也有十几分钟好走；穿出后山，豁然开朗，又是一番景象了，这一段洞里的行舟，倒真是不可埋没的奇趣。我们因为到了洞里，大家都同饿狼似的感到了饥饿，并且下午回来，还有二三百里的公路要跑，所以在善卷洞中只匆匆看了一个大概。附近的古迹，像祝英台的坟和故宅，上面有一块吴天玺元年封禅囤碑立着的国山等处，都没有去；而守洞导游的一群貌似匪类的人，只知敲竹杠，不知领导游客，说明历史的种种缺点，更令我们这六位塞饱了面包和罐头食物的假日旅行者，各催生了可嫌的呕吐。竹杠原也敲得并不很大，但使用一根手杖，坐一坐洞里的石磉，甚而至于舒一舒下气，都要算几毛几分的大洋，却真有点儿气人。

从善卷洞出来，大约东面离洞口约莫有十里地的路旁，我们又偶然发现了一个芙蓉古寺。这寺据说是唐代的名刹，像是近年来新行修理的样子；四围的树木，门外的小桥，寺东面的一座洁净的客厅，都令人能够发生一种好感；而临走的时候，对于两毫银币的力钱的谢绝，尤其使我们感到了僧俗的界别；因为看和尚的态度，倒并不是在于嫌憎钱少，却只是对于应接不周的这件事情在抱歉的样子。

再遵早晨进去的原路出来，走到了一处有牌坊立着的三岔路口，是朝南走向庚桑亦即张公洞去的支路了，路牌上写着，有三公里多点的路程。

张公洞似乎已经由储先生完全整理好了，我们车到了后洞的石级之前，走上了对洞口的那一扇门前坐下，扑面就感到了一阵冷气，凉隐隐，潮露露，立在那一扇造在马鞍小岭上的房屋下的圆洞门前发着抖，更向下往洞口一看，从洞里哼出来的，却是一层云不像云、烟不似烟的凉水蒸气。没有进洞，大家就高兴极了，说这里真是一块不知三伏暑的极乐世界。喝了几口茶，换上了套鞋，点着油灯，跟着守洞的人，一层一层地下去，大家的肌肤上就起了鸡粒；等到了海王厅的大柱下去立定，举头向上面前洞口了望天光的时候，大家的话声，都嗡嗡然变成了怪响。第一是鼻头里凝住了鼻液，伤起风来了，第二是因为那一个圆形的大石盖，几百丈方的大石盖，对说话的人声，起了回音。脚力强健的赵公夫妇，还下洞底里去看了水中的石柱，上前洞口去看天光，我们四个却只在海王厅里，饱吸着蝙蝠的大小便气，高声乱唱了一阵京调，因而嗡嗡的怪响，也同潮也似的涨满了全洞。

从庚桑洞出来，已经是未末申初的时刻了，但从支路驶回国道，飞驰到湖州的时候，太阳还高得很。于是大家就同声一致，决定走下车去，上碧浪湖头去展拜一回英士先生的坟墓。道场山上的塔院、湖州城里的人家，原也同几十年前的样子一样，没有什么改易，可是碧浪湖的湖道，却是淤塞得可观，再过几十年，就要变得像大明湖一般，涨成一片的水田旱道无疑了；沧海变桑田，又何必麻姑才看得见，我就可以算是一个目睹着这碧浪湖淤塞的老寿星。

回来的路上，大约是各感到了疲倦的结果，两个多钟头，坐在车子里面，竟没有一个人发放一点高声的宏论；直到七点钟前，车到旗下，在朱公馆洗了一洗手脸，徒步走上湖滨菜馆去吃饭的中间，朱公才用了文言的语气，做了一篇批评今天的游迹的奇文，终于引得大家哈哈地发了笑，多吃了一碗稀饭，总算也是这一次游行的一个伟大的结局。

且夫天下事物，有意求之，往往不能得预定的效果；而偶然的发生，则枝节之可观每有胜于根千万倍者。所谓有意栽花花不活，无心插柳柳成荫之古语，殆此之谓欤？即以今日之游踪而论，瓶窑的一役，且远胜于宜兴之两洞；芙蓉的一寺，亦较强于碧浪的湖波；而一路之遥山近水，太湖的倒映青天，回来过拱埠时之几点疏雨，尤其是文中的佳作，意外的收成。总而言之，清游一日，所得正多，我辈亦大可自慰。若欲论功行赏，则赵公之指挥得体，夫人的辎重备粮，尤堪嘉奖；其次则飞车赶路，舆人之功不可磨；至于吟诗记事，播之遐迩，传之将来，则更有待于达翁，鄙见如此，质之赵公，以为何如？

这一段名议论，确是朱公用了缓慢的湖北官音，随口诵出来的全文，认为不忍割爱，所以一字不易，为之记录于此。

一九三五年七月二十四日

扬州旧梦寄语堂

语堂兄：

乱掷黄金买阿娇，穷来吴市再吹箫，
箫声远渡江淮去，吹到扬州廿四桥。

这是我在六七年前——记得是一九二八年的秋天，写那篇《感伤的行旅》时瞎唱出来的歪诗；那时候的计划，本想从上海出发，先在苏州下车，然后去无锡，游太湖，过常州，达镇江，渡瓜步，再上扬州去的。但一则因为苏州在戒严，再则因在太湖边上受了一点虚惊，故而中途变计，当离无锡的那一天晚上，就直到了扬州城里。旅途不带《诗韵》，所以这一首打油诗的韵脚，是姜白石的那一首“小红唱曲我吹箫”的老调，系凭着了车窗，看看斜阳衰草，残柳芦苇，哼出来的莫名其妙的山歌。

我去扬州，这时候还是第一次；梦想着扬州的两字，在声调上，在历史的意义上，真是如何的艳丽，如何的使人魂销而魄荡！

竹西歌吹，应是玉树后庭花的遗音；萤苑迷楼，当更是临春结绮等沉檀香阁的进一步的建筑。此外的锦帆十里，殿脚三千，后土祠琼花万朵，玉钩斜青冢双行，计算起来，扬州的古迹，名区，以及山水佳丽的地方总要有三年零六个月才逛得遍。唐宋文人的倾倒于扬州，想来一定是有一种特别见解的；小杜的“青山隐隐水迢迢”，与“十年一觉扬州梦”，还不过是略带感伤的诗句而已，至如“君王忍把平陈业，只换雷塘数亩田”，人生只合扬州死，禅智山光好墓田，那简直是说扬州可以使你的国亡，可以使你的身死，而也决无后悔的样子了，这还了得！

在我梦想中的扬州，实在太有诗意，太富于六朝的金粉气了，所以那一次从无锡上车之后，就是到了我所最爱的北固山下，亦没有心思停留半刻，便匆匆地渡过了江去。

长江北岸，是有一条公共汽车路筑在那里的；一落渡船，就可以向北直驶，直达到扬州南门的福运门边。再过一条城河，便进扬州城了，就是一千四五百年以来，为我们历代的诗人骚客所赞叹不止的扬州城，也就是你家黛玉的爸爸，在此撇下了孤儿升天成佛去的扬州城！

我在到扬州的一路上，所见的风景，都平坦肃杀，没有一点令人可以留恋的地方，因而想起了晁无咎的赴广陵道中的诗句：

醉卧符离太守亭，别都弦管记曾称，
淮山杨柳春千里，尚有多情忆小胜。
（小胜，劝酒女鬟也。）
急鼓冬冬下泗州，却瞻金塔在中流，
帆开朝日初生处，船转春山欲尽头。

杨柳青青欲哺乌，一春风雨暗隋渠，

落帆未觉扬州远，已喜淮阴见白鱼。

才晓得他自安徽北部，下泗州，经符离（现在的宿县）由水道而去的，所以得见到许多景致，至少至少，也可以看到两岸的垂杨和江中的浮屠鱼类。而我去的一路呢，却只见了些道路树的洋槐，和秋收已过的沙田万顷，别的风趣，简直没有。连绿杨城廓是扬州的本地风光，就是自隋朝以来的堤柳，也看见得很少。

到了福运门外，一见了那一座新修的城楼，以及写在那洋灰壁上的三个福运门的红字，更觉得兴趣索然了；在这一种城门之内的亭台园囿，或楚馆秦楼，哪里会有诗意呢？

进了城去，果然只见到了些狭窄的街道，和低矮的市廛，在一家新开的绿杨大旅社里住定之后，我的扬州好梦，已经醒了一半了。入睡之前，我原也去逛了一下街市，但是灯烛辉煌，歌喉宛转的太平景象，竟一点儿也没有。"扬州的好处，或者是在风景；明天去逛瘦西湖，平山堂，大约总特别地会使我满足，今天且好好儿地睡它一晚，先养养我的脚力吧！"这是我自己替自己解闷的想头，一半也是真心诚意，想驱逐驱逐宿娼的邪念的一道符咒。

第二天一早起来，先坐了黄包车出天宁门去游平山堂。天宁门外的天宁寺，天宁寺后的重宁寺，建筑的确伟大，庙貌也十分地壮丽，可是不知为了什么，寺里不见一个和尚，极好的黄松材料，都断的断、拆的拆了，像许久不经修理的样子。时间正是暮秋，那一天的天气又是阴天，我身到了这大伽蓝里，四面不见人影，仰头向御碑佛像以及屋顶一看，满身出了一身冷汗，毛发都倒竖起来了，这一种阴戚戚的冷气，叫我用什么文字来形容呢?

回想起二百年前，高宗南幸，白天宁门至蜀冈，七八里路，尽用白石铺成，上面雕栏曲槛，有一道像颐和园昆明湖上似的长廊甬道，直达至平山堂下，黄旗紫盖，翠辇金轮，妃嫔成队，侍从如云的盛况，和现在的这一条黄沙曲路，只见衰草牛羊的萧条野景来一比，实在是差得太远了。当然颓井废垣，也有一种令人发思古之幽情的美感，所以鲍明远会作出那篇《芜城赋》来，但我去的时候的扬州北郭，实在太荒凉了，荒凉得连感慨都叫人抒发不出。

到了平山堂东面的功德山观音寺里，吃了一碗清茶，和寺僧谈起这些景象，才晓得这几年来，兵去则匪至，匪去则兵来，住的都是城外的寺院。寺的坍败，原是应该，和尚的逃散，也是不得已的。就是蜀冈的一带，三峰十余个名刹，现在有人住的，只剩了这一个观音寺了，连正中峰有平山堂在的法净寺里，此刻也没有了住持的人。

平山堂一带的建筑，点缀，园囿，都还留着有一个旧日的轮廓；像平远楼的三层高阁，依然还在，可是门窗却没有了；西园的池水以及第五泉的泉路，都还看得出来，但水却干涸了；从前的树木、花草、假山、叠石，并其他的精舍亭园，现在只剩了许多痕迹，有的简直连遗址都无寻处。

我在平山堂上，瞻仰了一番欧阳公的石刻像后，只能屁也不放一个，悄悄地又回到了城里。午后想坐船了，去逛的是瘦西湖小金山五亭桥的一角。

在这一角清淡的小天地里，我却看到了扬州的好处。因为地近城区，所以荒废也并不十分厉害；小金山这面的临水之处，并且还有一位军阀的别墅（徐园）建筑在那里，结构尚新，大约总还是近年来的新筑。从这一块地方，看向五亭桥法海塔去的一面风景，真是典丽裔皇，完全像北平中南海的气象。至于近旁的寺院之类，却又因为年久失修，谈不上了。

瘦西湖的好处，全在水树的交映，与游程的曲折；秋柳影下，有红蓼青萍，散浮在水面，扁舟擦过，还听得见水草的鸣声，似在暗泣。而几个湾儿一绕，水面阔了，猛然间闯入眼来的，就是那一座有五个整齐金碧的亭子排立着的白石平桥，比金鳌玉，虽则短些，可是东方建筑的古典趣味，却完全荟萃在这一座桥，这五个亭上。

还有船娘的姿势，也很优美；用以撑船的，是一根竹竿，使劲一撑，竹竿一弯，同时身体靠上去着力，臀部腰部的曲线，和竹竿的线条，配合得异常匀称，异常复杂。若当暮雨潇潇的春日，雇一个容颜姣好的船娘，携酒与茶，来瘦西湖上回游半日，倒也是一种赏心的乐事。

船回到了天宁门外的码头，我对那位姑娘，却也有点儿依依难舍的神情，所以就出了一个题目，要她在岸上再陪我一程。我问她："这近边还有好玩的地方没有？"她说："还有天宁寺，平山堂。"我说："都已经去过了。"她说："还有史公祠。"于是就由她带路，抄过了天宁门，向东走到了梅花岭下。瓦屋数间，荒坟一座，有的人还说坟里面葬着的只是史阁部的衣冠，看也原没有什么好看；但是一部二十四史掉尾的这一位大忠臣的战绩，是读过明史的人，无不为之泪下的；况且经过《桃花扇》作者的一描，更觉得史公的忠肝义胆，活跃在纸上了；我在祠墓的中间立着想着；穿来穿去地走着；竟耽搁了那一位船娘不少的时间。本来是阴沉短促的晚秋天，到此竟垂垂欲暮了，更向东踏上了梅花岭的斜坡，我的唱山歌的老病又发作了，就顺口唱出了这么的二十八字：

三百年来土一邱，忠臣遗爱满扬州，
二分明月千行泪，并作梅花岭下秋。

写到这里，本来是可以搁笔了，以一首诗起，更以一首诗终，岂不很合鸳鸯蝴蝶的体裁的吗？但我还想加上一个总结，以醒醒你的骑鹤上扬州的迷梦。

总之，自大业初开邗沟入江渠以来，这扬州一郡，就成了中国南北交通的要道；自唐历宋，直到清朝，商业集中于此，冠盖也云屯在这里。既有了有产及有势的阶级，则依附这阶级而生存的奴隶阶级，自然也不得不产生。贫民的儿女，就被他们强迫作婢妾，于是乎就有了杜牧之的青楼薄幸之名，所谓“春风十里扬州路”者，盖指此。有了有钱的老爷和美貌的名娼，则饮食起居（园亭），衣饰犬马，名歌艳曲，才士雅人（帮闲食客），自然不得不随之而俱兴，所以要腰缠十万贯，才能逛扬州者，以此。但是铁路开后，扬州就一落千丈，萧条到了极点。从前的运使、河督之类，现在也已经驻上了别处；殷实商户，巨富乡绅，自然也分迁到了上海或天津等洋大人的保护之区，故而目下的扬州只剩了一个历史上的剥制的虚壳，内容便什么也没有了。

扬州之美，美在各种的名字，如绿扬村，廿四桥，杏花村舍，邗上农桑，尺五楼，一粟庵等；可是你若辛辛苦苦，寻到了这些最风雅也没有的名称的地方，也许只有一条断石，或半间泥房，或者简直连一条断石，半间泥房都没有的。张陶庵有一册书，叫作《西湖梦寻》，是说往日的西湖，如何可爱，现在却不对了，可是你若到扬州去寻梦，那恐怕要比现在的西湖还更不如。

你既不敢游杭，我劝你也不必游扬，还是在上海梦里想象欧阳公的平山堂，王阮亭的红桥，《桃花扇》里的史阁部，《红楼梦》里的林如海，以及盐商的别墅，乡宦的妖姬，倒来得好些。枕上的卢生，若长不醒，岂非快事。一遇现实，哪里还有 Dichtung 呢！

一九三五年五月

南游日记

十月二十二日，旧历九月十五日，星期一，阴晴，天似欲变。

午后陪文伯游湖一转，且坚约于明晨侵早渡江，作天台雁荡之游。返家刚过五时，急为上海生生美术公司预定出版之月刊草一随笔，名《桐君山的再到》，成二千字；所记的当然是前天和文伯去富阳去桐庐一带所见和所感的种种。但文伯不喜将名氏见于经传，故不书其名，而只写作我的老友来杭，陪去桐庐。在桐君山上写的那一首歪诗亦不抄入，因语意平淡，无留存的价值。

晚上，向图书馆借得张联元觉庵所辑《天台山全志》一部，打算带去作导游之用。因张志成于康熙丁酉年，比明释传灯所编之《天台山方外志》，年代略后，或者山容水貌，与今日的天台更有几分近似处。

翻阅志书，至十时，就上床睡，因明天要起一个大早，渡江过西兴去坐车出发。

二十三日（九月十六），星期二，晴，有雾。

六时起床，刚洗沐中，文伯之车，已来门外。急会萃行李，带烟酒各两大包，衣服鞋袜一箱，罐头食品，书籍纸笔，絮被草枕各一捆，都是霞的周到文章，于前夜为我们两人备好的。

登车驶至江边，七点的轮渡未开。行人满载了三四船之外，还有兵士，亦载得两船，候轮船来拖渡过江，因想起汪水云诗：“三日钱塘潮不至，千军万马渡江来!”原诗不知是否如此，但古来战略，似乎都系由隔岸驻重兵，涉江来袭取杭州的。三国孙吴，五代钱武肃王的军事策略，都是如此。伯颜灭南宋，师次皋亭，江的两岸亦驻重兵，故德祐宫中有三日钱塘潮不至之叹。若钱江大桥一筑成，各地公路一开通，战略当然是又要大变。

西兴上岸，太阳方照到人家的瓦上，计时当未过八点。在岸旁车站内，遍寻公路局借给我们用的车，终寻不着。不得已，只能打电话向公路局去催，连打两次，都说五百零九号的雪佛勒车，已于今晨六时过江来了。心里生了懊恼，觉得首途之日，第一着就不顺意，不知此后的台荡之游，结果究将如何。于是就只能上萧绍长途汽车站旁的酒店里去喝酒，以浇抑郁，以等车来。

九点左右，车终于来了，问何以迟至，答系汽车过渡不便之故。匆匆上车，向东南驶去，对柯岩，兰亭，快阁，龙山，禹陵，禹穴，东湖，六陵以及吼山等越中名胜，都遥致了一个敬意，约于他日来重游。到绍兴十点过，山阴道上的石栏，鉴湖的一曲，及府山上的空亭，只同梦里的昙花，向车窗显了一显面目。

离绍兴后，车路两旁的道路树颇整齐，秋柳萧条，摇曳着送车远去，倒很像是王实甫曲本里的妙句杂文。由江边至绍兴的曹娥江头，路向是偏南朝东的，在曹娥一折，沿江上去，车就向了正南。过嵩坝，三界，嵊浦等处，右手是不断的越中诸山（嵊山画图山等），左手是清绝的曹娥江水，风景明朗，人家也多富庶，真是江南的大佳丽地。十二点过剡溪，遥望着嵊县东门外的嵊山溪亭，下去吃了一次午餐就走。

车入新昌界后，沿东港走了一段，至拔茅班竹而渐入高地，回旋曲折，到大桥头，岭才绕完。问之建筑工人，这叫什么岭，工头说是卫士（或围寺）岭，不知是哪两字，他日一翻《新昌县志》，当能查出。在这卫士岭上，已能够远远望见天姥山峰天台山脉了，过关岭，在天台山中穿岭绕过，始入天台界。文伯姓王，我姓郁，初入天台山境，只见清溪回绕，与世隔绝，自然也生了些邪念，但身入山中，前从远处看见的山峰反而不见了，所以就唱出了两句山歌："山到天台难识面，我非刘阮也牵情。"知昨天在湖上，文伯曾向霞作过谐谑说：

"明儿我们俩要扮作刘晨阮肇，合唱一出上天台了，你怕也不怕。"

午后四时，渡清溪，望赤城山，至天台县城东北之国清寺宿。寺为隋时智者禅师所手创，因禅师不及见寺成，只留一隐语说，"寺若成，国即清"，故名。规模宏大，僧众繁多，且设有佛学研究所一处，每日讲经做功课不辍，真不愧是一座天台正宗发源地的大丛林。来陪我们吃夜饭的法师华清，亦道貌秀异，有点像画里的东坡。

这一晚，只看了些寺里的建筑，和伽蓝殿外的一株隋梅，及丰于桥溪上的半溪明月，八点多钟，就上床睡了。

二十四日（九月十七），星期三，晴爽。

晨七时上轿，去方广寺看"石梁飞瀑"。初出寺门，向东向北，沿山溪渡岭过去，朝日方照在谷这一面的山头。溪水冲击声不断，想系石梁小弱弟日夜啼号处。两岸山色也苍翠如七八月时，间有红叶，只染成了一二分而已。溪尽山亦一转，又上一条小岭。小岭尽，前面又是高山，山上有路亭在脊背，仰望似在天上；一条越岭的石级路，笔直笔直地穿在这路亭下高山的当中，问之轿夫，说这是金地岭，是去华顶寺方广寺必经之路；不得已只好下轿来攀援着走上岭去。幸而今晨出发的时候，和尚送给了两支万年藤杖摆在轿子里，到了金地岭的半当中，才觉得这藤杖真有意想不到之效力了。

到了金地岭头，上面却是一大平阪。人家点点，村落田畴，都分布得非常匀称。田稻方熟，金黄尚未割起。回头一望来处，千丈的谷底，有溪流，有远树；远有国清寺门前的那座高塔——传说是隋时的塔——也看得清清楚楚。再向西远望，是天台县城西北的乡间，始丰溪与清溪灌流的地域，亦就是我们昨天汽车所经过的地方了。岭上的路，成了三支，一支是我们的来路，一支向东偏南，望佛陇下太平乡的台底是高明寺（立在岭上寺看得很明白），一支朝北，再对高山峻岭走去，经寒风阙、陈田洋等处，可到龙王堂，是东去华顶寺，西北至方广万年寺的大道。

金地岭头，树丛里有一个真觉寺，寺门外立有元和四年的唐碑一块，寺内大殿里保存着一座智者大师真身的骨塔，相传大师于隋开皇十七年圆寂于新昌大佛寺后，他的徒众搬遗蜕来葬于此地的；传说中的定光禅师在梦中向智者大师招手之处，亦即在这岭头的一大岩石上，现称作“招手岩”者是。

在金地岭头西北的一大村落，俗称“塔头村”，因为真觉寺的俗名是塔头寺，所谓“塔头”者，系指智者大师的骨塔而言；乡人无智，谓国清寺前之塔，系一夜中由仙人移来，塔身已安置好了，只少一塔头，仙人移塔头到此，金鸡唱了，天已将亮，不得已就只能弃塔头于此地；现在上国清寺前那座塔中去向天一望，顶上果有一个圆洞，看得出天光，像是无顶的样子；而金地岭，俗名也叫作“金鸡岭”；不过乡人思虑未周，对于塔头东面的那条银地岭，却无法编入到他们的神话里头去。

我们到了塔头村，看到了这高山上的大平原，以及东西南三面的平谷与远景，已经有点恋恋不忍舍去了；及到了更上一层的俗称“水磨坑”“落水坑”上的高原地，更不觉绝叫了起来。山上复有山，上一层是一番新景象，一个和平的大村落，有流水，有人家，有稻田与菜圃；小孩们在看割稻，黄白犬在对我们投疑视的眼光，桃花源上更有桃源，行行渐上，迭上三四条岭，仍不觉得是在山巅，这一点我觉得是天台山中最奇特的地方；将来若要辟天台为避暑区域，则地点在水磨坑落水坑（陈田洋、寒风阙的外台）一带随处都是很适宜的。

自金地岭北去，十五里到龙王堂，又十五里到方广寺。寺处万山之中，上岭下岭，不知要经过几条高低的峻路，才到得了。这地的发现者，是晋昙犹尊者，后传有五百应真居此，宋建中靖国元年（1101 年）始建寺，复毁于火，绍熙四年（1193 年）重建。其后兴灭的历史，却不可考了。一谷之中，依山的倾斜位置，造了上方广、中方广、下方广的三个寺。中方广在石梁瀑布之旁，即旧昙花亭址。

这深谷里的石梁瀑布的方向，大约是朝西南的，因过龙王堂后，天下了微雨，我们没有带指南针，所以方向辨不清楚。一道金溪，一道不知名的溪，自北自东地直流下来；到了上方广寺前，中方广寺侧的大磐石上，两溪汇合，汇成了一条纵横有数十丈宽广的大河；河向西南流，冲上了一块天然直立在那里有点像闸门似的大石。不知经过了几千万年，这一块大石壁的闸门，终被下流之水，冲成了一个弓形的大窟窿。这石窟窿有四五丈宽，丈把来高，水经此孔，一沿石直捣下去，就成了一条数十丈高的飞瀑；这就是方广寺的瀑布与石梁的简单的说明。

上方广寺，在瀑布之上；中方广寺，在瀑布与石梁之旁，登中方广寺的昙花亭，可以俯视石梁，俯视石梁下的数十丈的飞瀑；下方广寺，在瀑布下的溪流的南面，从中方广寺渡石梁，经下方广寺走下去里把来路，立在瀑布下流的溪旁，向上一看，果然是名不虚传的一个奇景，一幅有声有色的小李将军的浓绿山水画。第一，脚下就是一条清溪；溪上半里路远的地方悬着那一条看上去似乎有万把丈高的飞瀑；离瀑布五六尺高的空中，忽有一条很厚实很伟大的天然石梁，架在水上，两头是连接在石岩之上的；这瀑布与石梁的上面，远远还看得见几条溪流，一簇远山，与半角的天光；在瀑布石梁及溪流的两旁，尽是些青青的竹，红绿的树，以及黄的墙头。可惜在飞瀑上树林里撑出在那里的一只中方广寺昙花亭的飞角，还欠玲珑还欠缥缈一点；若再把这亭的挑角造一造过，另外加上一些合这景致的朱黄涂漆，那这一幅画，真可以说是天下无双了。我们在中方广寺吃了午饭后，还绕了八九里路的道去看了叫作“铜壶滴漏”的一个围抱在大石圈中状似大瓮的瀑布：顺路下去，又看了水珠帘、龙游枧。从铜壶滴漏起，本可以一直向西向南，上万年寺，上桃源洞去的；但一则因天已垂垂欲暮了，二则我们的预算在天台所费的三日工夫，恐怕不够去桃源学刘阮的登仙，所以毅然决然，把万年寺桃源洞等舍去，从一小道，涉溪攀岭，直上了天台山的最高峰，向华顶寺去借了一夜宿。

二十五日（九月十八），星期四，晴和。

昨夜在寒风与雾雨里，从后山爬上了华顶。华顶寺虽说是在晋天福元年僧德韶所建，但智者禅师亦尝宴坐于此，故离寺三里路高的极顶那座拜经台，仍系智者大师的故迹。据说，天晴的时候，在拜经台上，东看得见海，西南看得见福建界的高山，西北看得见杭州与大盆山脉；总之此地是天台山的极顶，是“醉李白”所说的高四万八千丈的最高峰；在此地看日出，和在泰山的观日峰，崂山的崂顶，黄山的最高处看日出一样，是天下的奇观。我们人虽则小，心倒也很雄大，在前一晚就和寺僧们说：“明天天倘使晴，请于三点钟来叫醒我们，好去拜经台看一看日出。”

到了午前的三点，寺里的一位小工人，果然来敲房门了。躺在厚棉被里尚觉得冷彻骨髓的这一个时候，真有点怕走出床来；但已有成约在先，自然也不好后悔，所以只能硬着头皮，打着寒噤从煤油灯影里，爬起了身。洗了手面，喝了一斤热酒，更饱吃了一碗面，身上还是不热。问那位小工人，日出果然是看得见的吗？他也依违两可，说：“现在还有点雾，若雾收得起，太阳自然是看得见的。”说着也早把华顶禅寺的灯笼点上了，我们没法，就只好懒懒地跟他走出门去。一阵阵的冷风，一块块浓雾，尽从黑暗里扑上我们的身来；灯笼上映出了一个雾圈，道旁的树影，黑黝黝地呈着些奇形怪状，像是地狱里的恶鬼，忽而一阵大风，将云层雾障吹开一线，下弦的残月，就在树梢上露出半张脸来，我们的周围也就灰白白地亮一亮，一霎时雾又来了。月亮又不见了，很厚很厚像有实体似的黑暗黏雾之中，又只听见了我们三人的脚步声和手杖着地的声音；寒冷，岑寂，恐怖，奇异的空气，紧紧包围在我们的四周，弄得我们说话都有点儿怕说。路的两旁满长着些矮矮的娑罗树，比人略高一点，寒风过处，树枝树叶尽在息列索落的作怪响；自华顶寺到拜经台的三里路，真走出了我们的冷汗，因为热汗是出不出的，一阵风来穿过胴体，衣服身体，都像是不存在的样子。

到拜经台的厚石墙下，打开了茅篷的门，我们只在蜡烛光和煤油灯光的底下坐着发抖，等太阳的出来。很消沉很幽静的做早功课的钟声梵唱声停后，天也有点灰白色地发亮了，雾障仍是不开，物体仍旧辨认不大清楚，而看看怀中的表，时候早已在六点之后；两人商量了一下，对那小工人又盘问了一回，知道今天的看日出，事归失败，只能自认晦气，立起身来就走。但拜经台后的一座降魔塔，拜经台前的两块“台山第一峰”与“智者大师拜经处”的石碑，以及前后左右的许多像城堡似的茅篷，和太白读书堂，墨池，龟池等，倒也看的，不过总抵不了这一个早起与这一番冒险的劳苦。

重回到寺里，吃了一次早餐，上轿下山，就又经过了数不清的一条条峻岭。过龙王堂，仍走原路向塔头寺去的中间，太阳开朗了起来，因而前面谷里的远景也显得特别的清丽，早晨所受的一肚皮委屈，也自然而然地淡薄了下去。至塔头寺南边下山，轿子到高明寺的时候，连明华朗润的山谷景色都不想再看了，因为自华顶下来，我们已经走尽了四十多里山路，大家的肚里都感着饿了，江山的秀色，究竟是不可以餐的。

高明寺亦系智者大师十二刹之一，唐天祐年间始建寺，传说大师的发见此地，因他在佛陇讲《净名经》，忽风吹经去，坠落此处，大师就觉此处是一绝好的寺基；其后寺或称"净名"，堂称翻经者，原因在此，而现名高明寺者，因寺依高明山之故，或者高明山的得名，正为了此寺，也说不定。

寺里的宝物，有一件智者禅师的袈裟和一口铜钵。但都是伪造的东西了；只有几叶《贝叶经》和《陀罗尼经》四卷倒是真的，我们不过不知道这两种经是哪一朝的遗物而已。

在高明寺东北六七里地远的地方，有一处名胜，叫"螺溪钓艇"，是几块奇岩大石和溪水高山混合起来的景致，系天台八景之一；本来到了高明，这景是必须去看的，但我们因为早晨起来得太早，一顿饱饭吃后，疲倦又和阳光在一起，在催逼我们早些重回国清寺去休息，所以也就割弃了这幽深的"螺溪钓艇"，赶了回来。所谓天台八景者，是元曹文晦的创作，其他的七景是，亦城栖霞（亦城山），双涧回澜（国清寺前），华顶归云（华顶寺），断桥积雪（在"铜壶滴漏"近旁），琼台夜月（桐柏宫西北），桃源春晓（桃源岭下），寒岩夕照（天台县西，去大西乡平镇二十里）。还有前面曾经说起过的那位编《天台山方外志》的高僧传灯，也是高明寺里的和尚，倒不可不特别提起一声，因为寺后的一座无尽灯大师塔院和寺里的一处楞严坛，都是传灯的遗迹。

二十六日（九月十九），星期五，晴暖。

游天台刚两日，已颇有饱满之感；今日打算去自辟天地，照了志书地图，前去搜索桐柏宫附近的胜景。不坐轿，不用人做引导，上午八点，自国清寺门前，七如来塔并立处坐汽车到何方店。一路上看亦城山，颜色浓紫，轮廓不再像城，因日光在东，我们在阴面看去，所以与午后看时，又觉两样。

自何方店向北偏东经何方村而入山，要过好几次溪。面前的一排山嶂，山中间的一条瀑布，是我们的目的地。山是桐柏岭，西接琼台与司马悔山；瀑布是"桐柏瀑"，瀑身之广，在天台山各瀑布当中，应称为王，"石梁瀑"远不及它的大。可惜显露得很，数十里外在官道上，行人就能望见瀑身，因此却少有人注意。从前在瀑布附近，有瀑布寺，有福兴观，现在都只剩了故址。《灵异考》载："华亭王某，于三月三日江行，忽见舟中两道士招之，食以粟；旋命黄衣送上岸，乃在天台瀑布寺前，已九月九日矣。"足见从前的人，对此瀑布的幻想，亦同在桃源岭下差仿不多。

由何方店起，行十里，就到桐柏岭脚的瀑布旁边，再上山五里，由桐柏岭头落北向西就是桐柏宫了。这一条桐柏岭，远看并不高，走起来可真有点费力。但一上岭头，两目总得疑神疑鬼地骇异起来；因为桐柏宫附近的桐柏乡，纵横将十里，尽是平畴，也有农村田稻溪流桥梁树林等的点缀，西北偏东的三面，依旧有高低的山峰围住；在喘着气爬上桐柏岭来的时候，谁想得到在这么高的山上，还有这一大平原的田园世界呢？又有谁想得到在这高原村落之上，更有比此更高的山峰围绕在那里的呢？

桐柏宫是一道观，西南静躺在桐柏乡正中的田野里。据说，这道观的由来，系因唐司马子微承祯隐居于此，故建(唐景云二年)。宋大中祥符元年，改桐柏崇道观，当时因宋帝酷信道教，所以在志书上的桐柏崇道观的记载，实在辉煌得了不得；明初毁于火，现在的道观，却是清雍正十三年奉敕所建，当时大约也规模庞大，有绝大之石磉石基等存在，雕刻精绝。现在可真坍败不堪，只有一块御碑尚巍然屹立在殿前败屋中。还有菜地里的一块宋乾道二年四月"尚书省牒白云昌寿观文书"碑，字迹也还看得清。道院西边，有清圣祠，供伯夷叔齐石像二座，系宋黄道士由京师辇至者，像尚完整，而司马子微之塑像，已经不在了。两庑有台郡名贤配享牌位，壁上游人题咏很多，这道观西面的一隅，却清幽得很。

我们在桐柏宫吃过中饭，就走上西面三里多地的山头，去看"琼台双阙"。路过五百大神祠，庙小得很，而乡下人都说是很有灵验的庙。

琼台的风景，实在是奇不过。一条半里路宽的万丈深坑曲折环绕，有五六里路至十里内外的长。两岸尽是峭壁，壁上杂生花草矮树，一个一个的小孔很多，因而壁的形状愈觉得奇古。立在岩头，向对面一望，像一幅米襄阳黄庭坚的大草书屏，向脚下一转眼，可了不得了，直削下去的黑黝黝的石壁，那里何止万丈，就说它千万丈万万丈，也不足以形容立在岩上者的战栗的心境。而这深坑底下，又是什么呢？是一条绿得成蓝色的水，有两个潭，据说是无底的，还有所谓双阙的两支石山呢，是从谷底拔地而起，像扬子江中的焦山似的挺立在潭之上，坑的中间，两阙相连，中间低落像马鞍，石山上也有草花松树及几枝红叶的柏树枫树，颜色配合的佳妙及峻险的样子，若在画上看见，保管你不能够相信，古来说双阙者，聚讼纷纭，有的说有仙人座的地方，两峰对峙，就是双阙；有的说，这深坑的外口，从谷底上望，两峰壁立，就是双阙。但这些无聊的名义，去管它作什么。我们在仙人座这面的岩头坐坐，更上一处像半岛似的向西突出在谷里的平面岩峰上爬爬，又惊异，又快活，又觉得舍不得走开，竟消磨了一个下午。循原路回到何方店，上车返国清寺的时候，赤城山上的日光，只剩得塔头的一点了。

预备在天台过的三天日期已完，但更幽更远的西乡明岩、寒岩，以及近在目前的亦城山，都还没有去过。晚上躺在床上，翻阅着徐霞客的游记及《天台山全志》里的王思任（季重）、王士性（恒叔）、潘耒（稼堂）等的《游天台山记》，与天台忍辱居士齐巨山周华的《台岳天台山游记》等，我与文伯在讨论商量，明天究竟还是坐车到雁荡去呢，还是再留一二日去游明岩寒岩？雁荡也只打算住他三日，若在此地多留一日，则雁荡就须割去一日；徐霞客岂不是也有两度上天台两度游雁荡的记事的吗？我们何不也学学他，留一个再来的后约呢！这是文伯的意见。他住在北平，来一趟颇不容易，我住在浙江，要来马上可以再来，既然他在那么地说，我自然是乐于赞同的了。于是就收拾行李等件，草草入睡，预备明天早晨再起一个大早，驱车上雁荡去。

一九三四年十一月三日

雁荡山的秋月

古人并称上天台雁荡；而宋范成大序《桂海岩洞志》，亦以为天下同称的奇秀山峰，莫如池之九华，歙之黄山，括之仙都，温之雁荡，夔之巫峡。大约范成大，没有到过关中，故终南华山，不曾提及。我们南游三日，将天台东北部的高山飞瀑（西部寒岩明岩未去），略一飞游——并非坐了飞机去游，是开特快车游山之意——之后，急欲去雁荡，一赏鬼工镌雕的怪石奇岩，与夫龙湫大瀑，十月二十七日在天台国清寺门前上车，早晨还只有七点。

自天台去雁荡山所在的乐清县北，要经过临海、黄岩、温岭等县。到临海（旧章安城）的东南角巾山山下，还要渡过灵江，汽车方能南驶，现在公路局筑桥未竣，过渡要候午潮；所以我们到了临海之后，倒得了两三个钟头的空，去东湖拜了忠逸樵夫之祠，上巾山的双塔下，看了华胥洞，黄华丹井——巾山之得名，盖因黄华升仙，落帻于此——等古迹，到十二点钟左右，才乘潮渡过江去。临海的山容水貌，也很秀丽，不过还不及富春江的高山大水，可以令人悠然忘去了人世。自临海到黄岩，要经过括苍山脉东头的一条大岭，岭头有一个仙人桥站；自后徐经仙人桥至大道地的三站中间，汽车尽在山上曲折旋绕，路线有点像昱岭关外与仙霞岭南的样子；据开车的司机说，这一条岭共有八十四弯，形势的险峻，也可想而知。

黄岩县城北，也有一条永江要渡，桥也尚未筑成；不过此处水深，不必候潮，所以车子一到，就渡了过去。县城的东北，江水的那边，三江口上，更有一支亭山在俯瞰县城；半山中有一簇树，一个白墙头的庙，在阳光里吐气，想来总又是黄岩县的名胜了，遥望而过。黄岩一县内，多橘子树园；树并不高，而金黄的橘实，都结得累累欲坠，在返射斜阳；车驰过处，风味倒也异样，很像我年轻的时候，在日本纪州各处旅行时的光景。

自黄岩经温岭到乐清县的离大荆城南五里路的地方，村名叫作水积（或名积水，不知是哪两个字），前临大海，海中有岛，后峙双旗冈峰，峰中也有叠嶂一排，在暗示着雁荡的奇峰怪石。游人到此，已经有点心痒难熬的样子了，因为隔一条溪，隔一重山，在夕阳下，早就看得出谢公岭外老僧送客之类的奇形怪状的石岩阴影；北来自大溪镇到此，有三十余里的行程。

在雁荡第一重口外，再渡过那条自石门潭流下来的清溪，西驰七八里，过白溪，到响岭头，就是雁荡东外谷的口子，汽车路筑到此地为止，雁荡到了。

在口外下车，远望进去，只看见了几个巉屼的石峰尖。太阳已经快下山了，我们是由东向西而入谷的，所以初走进去的时候，一眼并不看见什么。但走了半里多上灵岩寺去的石砌路后，渡过石桥，忽而一变，千千万万的奇异石壁，都同天上刚掉下去似的，直立在我们的四周；一条很大很大的溪水，穿在这些绝壁的中间，在向东缓流出来。壁来得太高太陡，天只剩下了狭狭的一条缝，日已下山，光线不似日间的充足。石壁的颜色，又都灰黑，壁缝里的树木，也生得屈曲有一种怪相；我们从东外谷走入内谷的七八里地路上，举头向前后左右望望，几乎被胁得连口都不敢开了。山谷的奇突，大与寻常习见的样子不同，教人不得不想起诗圣但丁的《神曲》，疑心我们已经跟了那位罗马诗人，入了别一个境界。

在龙王庙前折向了北去，头脑里对于一路上所见的峰嶂的名目，如猴披衣、蓼花嶂、响嵩门、霞嶂洞、听诗叟、双鲤峰之类，还没有整理得清楚，景色一变，眼前又呈出了一幅更清幽、更奇怪、更伟大的画本。原来这东内谷里的向北去灵岩寺谷里的一区，是雁荡的中心，也是雁荡山杰作里的顶点。初入是一条清溪，许多树木与竹林。再进，劈面就是一排很高很长，像罗马古迹似的展旗嶂，崛起在天边，直挂向地下，后方再高处又是一排屏霞嶂，这屏霞嶂前，左右环抱，尽是一支一支的千万丈高的大石柱，高可以不必说，面积之大周围也不知有多少里；而最奇的，是这些大柱的头和脚，大小是一样的，所以都是绝壁，都是圆柱。小龙湫瀑布，也就在灵岩寺西北的一大石峰上，从顶点直泻下来的奇景。灵岩寺，看着很小很小，隐藏在这屏霞嶂脚，顶珠峰、展旗峰、石屏风（全在寺东）与天柱峰、双鸾峰、卷图峰、独秀峰、卓笔峰（全在寺西）等的中间；地位的好，峰岩的多而且奇，只有永康方岩的五峰书院，可以与它比比；但方岩只是伟大了一点，紧凑却还不及这里。

灵岩寺的开辟，在宋太平兴国四年，僧行亮神昭为其始祖，后屡废屡兴；现在的寺，却是数年前，由护法者蒋叔南潘耀庭诸君所募建。蒋君今年夏季去世，潘君现任雁荡山风景区整理委员，住在寺中；当家僧名成圆，亦由蒋潘诸君自宁波去迎来者，人很能干，具有实际办事的手腕。

在灵岩寺的西楼住下之后，天已经黑了。先去请教也住在寺中，率领黄岩中学学生来雁荡旅行的两位先生，问我们在雁荡，将如何的游法？因为他们已经在灵岩寺住了三日，打算于明晨出发回黄岩去了。饭后又去请了潘委员来，打听了一番雁荡山大概的情形。

雁荡山的总括，可以约略地先在此地说一说：第一，山在乐清县东北九十里，系亘立东西的一排连山，东起石门潭，西迄白岩六十里；北自甸岭，南至斤竹涧口四十里；自东向西，历来分成东外谷，东内谷，西内谷，西外谷的四部，以马鞍岭为界而分东西。全山周围，合外境有四百二十里。雁山北部，更有南阁谷，北阁谷二区，以溪分界；南阁南至石柱北至北屏山二里，东至马屿，西至会仙峰十六里；北阁村南北二里，东西五里，西北极甸岭山，为雁荡北址。

雁山开山者相传为晋诺讵那尊者，凡百有二峰，六十一岩，四十六洞，十八刹，十六亭，十七潭，十三瀑。入游之路线，有四条。（一）东路从白溪经响岭头自东南入谷，就是我们所经之路线。（二）北路由大荆越谢公岭自东北入谷至岭峰。（三）南路由小芙蓉经四十九盘岭自南入谷至能仁寺，从乐清来者率由此。（四）西路从大芙蓉自西南经本觉寺至梅雨潭。

峰之最高者为百冈尖，高一万一千五百公尺，雁湖在西外谷连霄岭上，高九千公尺。

这雁荡山的梗概，是根据潘委员的口述，和《广雁荡山志》及《雁山全图》而摘录下来的；我们因为走马游山，前后只有三日工夫好费，还要包括出发和到达的日期在内，所以许多风景，都只能割爱；晚上就和潘委员在灯下拟定明日只看西石梁的大瀑布、大龙湫瀑、梅雨潭，回至能仁寺午餐。略游斤竹涧就回灵岩寺宿；出发之日（第三日），午前一游净名寺，至灵峰略看看观音洞北斗洞等，就出向头岭由原路出发回去。北部的绝景，中央的百冈尖当然是不能够去，就如显胜门、龙溜等处，一则因无时间，二则因无大路无宿处，也只能等下次再来了。这样拟定了游程之后，预期着明天的一天劳顿，我们就老早地爬上了床去。

午前的三四点钟，正梦见了许多岩壁，在四面移走拢来，几乎要把我的渺渺五尺之躯，压成粉碎的时候，忽而耳边一阵喇叭声，一阵嘈杂声起来了。先以为是山寺里起了火，急起披衣，踏上了西楼后面的露台去一看；既不见火，又不见人，周围上下，只是同海水似的月光，月光下又只是同神话中的巨人似的石壁，大色苍苍，只余一线，四围岑寂，远远地也听得见些断续的人声。奇异，神秘，幽寂，诡怪，当时的那一种感觉，我真不知道要用些什么字来才形容得出！起初我以为还在连续着做梦，这些月光，这些山影，仍旧是梦里的畸形；但摸摸石栏，看看那枝谁也要被它威胁压倒的天柱石峰与峰头的一片残月，觉得又太明晰，太正确，绝不像似梦里的神情。呆立了一会，对这雁荡山中的秋月顶礼了十来分钟，又是一阵喇叭声，一阵整队出发报名数的号令声传过来了，到此我才明白，原来我并不是在做梦，是那一批黄岩中学的学生要出发赶上大溪去坐轮船去了！这一批学生的叫唤，这一批青年的大胆行为，既救了我梦里的危急，又指示给我了这一幅清极奇极的雁山夜月的好画图，我的心里，竟莫名其妙地感激起来了，跑下楼去，就对他们的两位临走的教师热烈地握了一回手；送他们出了寺门以后，我并且还在月光下立着，目送他们一个个小影子渐渐地被月光岩壁吞没了下去。

雁荡山中的秋月！天柱峰头的月亮！我想就是今天明天，一处也不游，便尔回去，也尽可以交代得过去，说一声“不虚此行”了，另外还更希望什么呢？所以等那些学生们走后，我竟像疯子一样一个人在后面楼外的露台上呆对着月光峰影，坐到了天明，坐到了日出，这一天正是旧历九月二十的晚上廿一的清晨。

等同去的文伯及偶然在路上遇着成一伙的奥伦斯登，科伯尔厂经理毕士敦 Mr. H. H. Bernstein 与戴君起来，一齐上轿，到大龙湫的时候，太阳已经升得很高，似在巳午之间了。一路上经下灵岩村，三宫殿，上灵岩村，过马鞍岭。在左右手看了些五指峰、纱帽峰、老鼠峰、猫峰、观音峰、莲台嶂、祥云峰、小剪刀峰之类，形状都很像，峰头都很奇；但因为太多了，到后来几乎想向在说明的轿夫讨饶，请他不要再说，怕看得太多，眼睛里脑里要起消化不良之症。

大龙湫的瀑布，在江南瀑布当中真可以称霸，因为石壁的高，瀑身的大，潭影的清而且深，实在是江浙皖几省的瀑布中所少有的。我们到雁荡之先，已经是旱得很久了。故而一条瀑布，直喷下来，在上面就成了点点的珠玉。一幅真珠帘，自上至地，有三四千丈高，百余尺阔；岩头系突出的，帘后可以通人，立在与日光斜射之处，无论何时，都看得出一条虹影。凉风的飒爽，潭水的清澄，和四围山岭的重叠，是当然的事情了，在大龙湫瀑布近旁，这些点景的余文，都似乎丧失了它们的价值，瀑布近旁的摩崖石刻，很多很多，然而无一语，能写得出这大龙湫的真景。《广雁荡山志》上，虽则也载了不少的诗词歌赋，来咏叹此景，但是身到了此间，哪里还看得起这些秀才的文章呢？至于画画，我想也一定不能把它的全神传写出来的，因为画纸决没有这么长，而溅珠也决没有这样的匀而且细。

出大龙湫，经瑞鹿峰剪刀峰（侧看是一帆峰）下，沿大锦溪过华严岭罗汉寺前，能在石壁的半空中看得出一座石刻的罗汉像。斧凿的工巧有艺术味，就是由我这不懂雕刻的野人看来，也觉得佩服之至。从此经竹林，过一条很高很长的东岭，遥望着芙蓉峰，观音岩等（雁湖的一峰是在东岭岭上可以看见的）。绕骆驼洞下面至西石梁的大瀑布。

西石梁是一块因风化而中空下坠的大石梁，下有一个老尼在住的庵，西面就是大瀑布。这瀑布的高大，与大龙湫瀑布等，但不同之处，是在它的自成一景，在石壁中流。一块数千丈的石壁，经过了几千万年的冲击，中间成了一个圆形大柱式的空洞，两面围抱突出，中间是一数丈宽数千丈高的圆洞，瀑布就从上面沿壁在这空圆洞里直泻下来。下面的潭，四壁的石，和草树清溪，都同大龙湫差仿不多。但西面连山，雁荡山的西尽头，差不多就快到了，而这瀑布之上，山顶平处，却又是一大村落；山上复有山，世外是桃源的情景，正和天台山的桐柏乡，曲异而工同。

从西石梁瀑布顺原路回来，路上又去看了梅雨潭及潭前的一座含珠峰，仍过东岭，到了自芙蓉南来经四十九盘岭可到的能仁寺里。

这能仁寺在西内谷丹芳岭下，系宋咸平二年僧全了所建。本来是雁荡山中的最大的丛林，有一宋时的大铁锅在可以做证，现在却萧条之至，大殿禅房，还都在准备建筑中。寺前有燕尾瀑，顺溪南流，成斤竹涧，绕四十九盘岭，可至小芙蓉；这一路上风景的清幽绝俗，当为雁山全景之冠，可惜我们没有时间，只领略了一个大概，就赶回了灵岩寺来宿。

这一天的傍晚，本拟上寺右的天窗洞，寺左的龙鼻水去拜观灵岩寺的二奇的，但因白天跑了一天，太辛苦了，大家不想再动。我并且还忘不了今晨似的山中的残月，提议明朝也于三时起床，踏月东下，先去看了灵峰近旁的洞石，然后去响头岭就行出发，所以老早就吃了夜饭，老早就上了床。

然而胜地不常，盛宴难再，第二日早晨，虽则大家也忍着寒、抛着睡，于午前三点起了身，可是淡云蔽月，光线不明；我们真如在梦里似的走了七八里路，月亮才兹露面。而玩月光玩得不久，走到灵峰谷外朝阳洞下的时候，太阳却早已出了海，将月光的世界散文化了。

不过在残月下，晨曦里的灵峰山景，也着实可观，着实不错；比起灵岩的紧凑来，只稍稍觉得疏散一点而已。

灵峰寺是在东谷口内向北两三里地的地方，东越谢公岭可达大荆。近旁有五老峰，斗鸡峰，幞头峰，灵芝峰，犀角峰，果盒岩，船岩，观音洞，北斗洞，苦竹洞，将军洞，长春洞，响板洞诸名胜，顺鸣玉溪北上，三里可达真际寺。寺为宋天圣元年僧文吉所建，本在灵峰峰下，不知几百年前，这峰因风化倒了，寺屋尽毁。现在在这倒灵峰下的一块隙地上，方在构木新筑灵峰寺。我们先在果盒岩的溪亭上坐了一会，就攀援上去，到观音洞去吃早餐。

两岩侧向，中成一洞，洞高二三百丈；最上一层，人迹所不能到，但洞中生有大树一株，系数百年物，枝叶茂盛，从远处望来，了了可见。下一层是观音洞的选物场，洞中宽广，建有大殿，并五百应真的石刻。东面一水下滴成池，叫作洗心泉，旁有明刻宋刻的题名记事碑无数。自此处一层一层地下去，有四五层楼三四百石级的高度；洞的高广，在雁荡山当中，以此为最。最奇怪的，是在第三层右手壁上的一个石佛，人立右手洞底，向东南洞口远望出去，俨然是一座地藏菩萨的侧面形，但跑近前去一看，则什么也没有了，只一块突出的方石。上一层的右手壁上还有一个一指物，形状也极像，不过小得很。

看了灵岩灵峰近边的峰势，看了观音洞（亦名合掌洞）里的建筑及大龙湫等，我们以为雁荡的山峰岩洞溪瀑等，也已经大略可以想象得出了，所以旁的地方，也不想再去走，只到北斗洞去打了一个电话，叫汽车的司机早点预备，等我们一出谷口，就好出发。

总之，雁荡本是海底的奇岩，出海年月，比黄山要新，所以峰岩峻削，还有一点锐气，如山东崂山的诸峰。今年春间，欲去黄山而未果，但看到了黄山前卫的齐云白岳，觉得神气也有点和灵峰一带的山岩相像。在迎着太阳走出谷来，上汽车去的路上，我和文伯，更在坚订后约，打算于明年以两个月的工夫，去歙县游遍黄山，北下太平，上青阳南面的九华。然后出长江，息匡庐，溯江而上，经巫峡，下峨眉，再东下沿汉水而西入关中，登太华以笑韩愈，入终南而学长生，此行若果，那么我们的志愿也毕，可以永永老死在蓬窗陋巷之中了。

一九三四年十一月九日

青岛、济南、北平、北戴河的巡游

带青带绿的颜色，对于视觉，大约是特别的健全；尤其是深蓝，海天的深蓝，看了使人会莫名其妙地感到一种愉快。可是单调的色彩，只是一色的色彩，广大无边地包在你的左右四周，若一点儿变化也没有，成日成夜地与你相对，日久了当然是也要生厌的；青岛的好处就在这里，第一，就在她的可以使你换一换口味，第二，到了她的怀里，去摸索起来，却也并不单调，所以在暑热的时候，去住一两个月，恰正合适。

无论你南边从上海去，或北边从天津去，若由海道而去青岛，总不过二三十个钟头，可以到了。你在船舱里，只和海和天相对，先当然是觉得愉快，觉得伟大，觉得是飘然遗世而独立，羽化而登仙的样子；但一昼夜过后，未免要感到落寞，感到厌倦；正当你内心在感到这些，而嘴里还没有叫出来的时候，而白的灯台，红的屋瓦，弯曲的海岸，点点的近岛遥山，就净现上你的视界里来了，这就是青岛。所以从海道去青岛的人对她所得的最初印象，比无论哪一个港市，都要清新些，美丽些。香港没有她的复杂，广州不及她的洁净，上海比她欠清静，烟台比她更渺小，刘公岛我虽则还没有到过，但推想起来，总也不能够和青岛的整齐华美相比并的。以女人来比青岛，她像是一个大家的闺秀；以人种来说青岛，她像是一个在情热之中隐藏着身份的南欧美妇人。

青岛的特色之一，是在她的市区的高低不平，与树木的青葱。都市的美观，若一味平直，只以颜色与摩天的高阁来调和，是不能够引人入胜的；而青岛的地面，却尽是一枝枝的小山，到处可以看得见海，到处都是很适宜的住宅区。就是那一条从前叫弗利特利希大街，现在叫中山路的商业通衢，两端走走，也不过两三里路，就到海边了；街的两面，一走上去，就是小山，就是眺望很好的高地。

从前路过青岛，只在船楼上看看她的绿树与红楼，虽觉她很美，但还没有和她亲过吻，抱过腰；今年带了儿女，去住一个夏天，方才觉“东方第一良港”“东方第一避暑区”的封号，果然不是徒有其表的虚称。

海水浴场的设备如何，暂且不去管它，第一是四周的那么些个浅滩，恐怕是在东亚，没有一处避暑区赶得上青岛。日本的海岛，当然也有好的，像明石须磨的一带，都是风光明媚的地方，可是小湾没有青岛的多，而岸线又不及青岛的曲。至于日本的北面临日本海的海岸呢，气候虽则凉冷，但风浪太大，避暑洗海水澡总有点不大适宜。

青岛，缺点当然也是有的：第一，夏天的空气太潮湿，雾露太多，就有点儿使人不舒服。其次则外国的东方舰队，来青岛避暑停泊的数目实在多不过，因而白俄的娼妇，中国盐水妹的来赶夏场买卖的，也混杂热闹到了使人分不出谁是良家的女子。喜欢异国颓废的情调的人，或者反而对此会感兴趣，但想去看一点书，做一点事情的人，被这些酒肉气醉人的淫暖之风一吹，总不免要感到头昏脑涨，想呕吐出来。我今年的一个夏天就整整地被这些活春宫冲坏了的；日里上海滨去看看裸体，晚上在露台听听淫辞，结果我就一个字也没有写，一册书也没有读，到了新秋微冷的时候，就匆匆坐了胶济车上北平去了。明年我就打算不再去青岛，而上一个更清静一点的海岸或山上去过夏天。

崂山的风景，原也不错；可是一般人所颂赞的大崂观靛缸湾一带的清溪石壁，也只平平，看过江南的清景的人，对此是不会感到特异的美感的；要讲伟大，要耐人寻味，自然是外崂沿海一带，从白云洞、华岩寺到太清宫的一路。我在青岛的时候，曾有一位小姐，向我说过石老人附近，景色的清幽，浮山午山庙周围，梨花的艳异；但因为去的时候不巧，对于这些绝景，都不曾领略，此生不知有没有再去的机会了，我到现在，还长怅念。

由青岛去济南的道上，最使我感到兴奋的，是过潍县之后，到青州之先，在朱刘店驿，从车窗里遥望首阳山的十几分钟。伯夷叔齐的古迹，在中国原有好几处，但山东的一角孤山，似乎比较有趣一点，因为地近田横岛，联想起来，也着实富于诗意。洁身自好之士，处到了这一种乱世，谁能保得住不致饿死？我虽不敢仰慕夷齐之清高，也决没有他们的节操与大志，但是饿死的一点，却是日像一日，尽可以与这两位孤竹国的王子比比了。所以车过首阳之后，走得老远老远，我还探头窗外，在对荒山的一个野庙默表敬意。至于青州的云门山，于陵的长白山、白云山等，只稍稍掉头望了一望，明知道不能去登，也就不觉得是什么了不得的名山胜地了；可是云门的六朝石刻，听说确是货真价实的历史上的宝物。

到济南城后，找着了李守章氏，第二日照例地去游千佛山、大明湖、趵突泉、金线泉、黑虎泉等名胜。自然是以家家流水、户户垂杨的黑虎泉（现在新设了游泳池了）一带，风景最为潇洒。大明湖的倒影千佛山，我倒也看见，只教在历下亭的后面东北堤旁临水之处，向南一望，千佛山的影子便了了可见，可是湖景并不觉得什么美丽。只有蒲菜、莲蓬的味道，的确还鲜，也无怪乎居民的竞相侵占，要把大明湖改变作大明村了。就在这一天的晚上，我们离开了李清照、辛弃疾的生地而赶上了平浦的通车，原因是为了映霞还没有到过北平，想在没有被人侵夺去之前，去瞻仰瞻仰这有名的旧日的皇都。

北平的内容，虽则空虚，但外观总还是那么的一个样子。人口增加，新居添筑，东安、西单两市场，人海人山；汽车电车的声音，也日夜地不断。可是，戏院的买卖减了，八大胡同里的房子大半空了，大店家的好货也不大备了，小馆子的顾客大增，而大饭庄的灯火却萧条起来了；到平之后，并且还听见西山都出了劫案，杀死了人。在故宫里看了几日假古董，北海、中央公园内喝了几次茶，上三贝子花园、颐和园去跑了一跑之后，应水淇之招，我们就一直地到了山海关内的北戴河边。刚在青岛看海看厌了的我们，这一回对北戴河自然不能像从前似的有上级形容词来赞美了。不过有两件事情，我总觉得北戴河要比青岛好些。第一，是汽车声音的绝无；第二，是避暑客人的高尚。不过话也要说回来，在鹿囿上面的那一家菜馆里吃饭的时候，白俄女人地做买卖的也未始不曾看见，但数目少了，反而以为万绿丛中一点红，这一块肉，倒是少她不得的。

北戴河的骡子，实在是一种比黄包车汽车轿子更有诗意的乘物。我们到了车站，故意想难难没有骑过骡儿的映霞，大家就不坐车而骑骡；但等到了张家大楼，她的骑骡术已经谙熟了，以后直到离开北戴河为止，她就老爱在骡背上跨着，不肯下来。

北戴河的气候，当然要比青岛的好；但人工的设备、地面的狭小，却比青岛差得很远。东山区域，住宅太多，卫生状况也因而不好。我以为西面联峰山下，一直到海滨的一段，将来必定要兴盛起来。但自第五桥，沿海上南天门去的一路，风景也真好不过。

尤其是南天门金山嘴的一角，东望秦皇岛山海关，南临渤海，北去鸽子窝也不过两三里地的路程；北戴河的海山景色，当以此地为中心，而别庄不多，那娘娘庙的建筑，也坍败得不堪，我真觉得奇怪。还有那个三皇殿哩，再过两年，怕庙址都要没处去寻了，我不懂北戴河的公益所，何以不去修理修理，使成一避暑的游息之所。

这一次在北戴河住得不久，所以像汤泉山、背牛顶的胜水岩等处，都没有去成。但在回来的路上，到了滦口，看看阳山碣石山等不断的青峰，与夫滦河蜿蜒的姿势，就觉得山水的秀丽，不仅是江南的特产了，在关以内和关以外，何尝没有明媚的山川？但大好的山河，现在都拱手让人拿去筑路开矿，来打我们中国了，叫我们小百姓又有什么法子去拼命呢？古人有“马后桃花马前雪，出关争得不回头”的诗句，希望衮衮诸公，不要误信诗人，把这些好地方都看作了雪地冰天，丢在脑后才好！

饮食男女在福州

福州的食品，向来很为外省人所赏识，前十余年在北平，说起私家的厨子，我们总同声一致地赞成刘崧生先生和林宗孟先生家里的蔬菜的可口。当时宣武门外的忠信堂正在流行，而这忠信堂的主人，就系旧日刘家的厨子，曾经做过清室的御厨房的。上海的小有天以及现在早已歇业了的消闲别墅，在粤菜还没有征服上海之先，也曾盛行过一时。面食里的伊府面，听说还是汀州伊墨卿太守的创作；太守住扬州日久，与袁子才也时相往来，可惜他没有像随园老人那么地好事，留下一本食谱来，交给我们以烹调之法；否则，这一个福建萨伐郎（Savarin）的荣誉，也就可以驰名海外了。

福建菜的所以会这样著名，而实际上却也实在是丰盛不过的原因，第一，当然是由于天然物产的富足。福建全省，东南并海，西北多山，所以山珍海味，一例的都贱如泥沙。听说沿海的居民，不必忧虑饥饿，大海潮回，只消上海滨去走走，就可以拾一篮海货来充作食品。又加以地气温暖，土质腴厚，森林蔬菜，随处都可以培植，随时都可以采撷。一年四季，笋类菜类，常是不断；野菜的味道，吃起来又比别处的来得鲜甜。福建既有了这样丰富的天产，再加上以在外省各地游宦营商者的数目众多，作料采从本地，烹制学自外方，五味调和，百珍并列，于是乎闽菜之名，就宣传在饕餮家的口上了。清初周亮工著的《闽小纪》两卷，记述食品处独多，按理原也是应该的。

福州海味，在春三二月间，最流行而最肥美的，要算来自长乐的蚌肉，与海滨一带多有的蛎房。《闽小纪》里所说的西施舌，不知是否指蚌肉而言；色白而腴，味脆且鲜，以鸡汤煮得适宜，长圆的蚌肉，实在是色香味俱佳的神品。听说从前有一位海军当局者，老母病剧，颇思乡味；远在千里外，欲得一蚌肉，以解死前一刻的渴慕，部长纯孝，就以飞机运蚌肉至都。从这一件逸事看来，也可想见这蚌肉的风味了；我这一回赶上福州，正及蚌肉上市的时候，所以红烧白煮，吃尽了几百个蚌，总算也是此生的豪举，特笔记此，聊志口福。

蛎房并不是福州独有的特产，但福建的蛎房，却比江浙沿海一带所产的，特别地肥嫩清洁。正二三月间，沿路的摊头店里，到处都堆满着这淡蓝色的水包肉；价钱的廉，味道的鲜，比到东坡在岭南所贪食的蚝，当然只会得超过。可惜苏公不曾到闽海去谪居，否则，阳羡之田，可以不买，苏氏子孙，或将永寓在三山二塔之下，也说不定。福州人叫蛎房作"地衣"，略带"挨"字的尾声，写起字来，我想只有"蚳"字，可以当得。

在清初的时候，江瑶柱似乎还没有现在那么的通行，所以周亮工再三地称道，誉为逸品。在目下的福州，江瑶柱却并没有人提起了，鱼翅席上，缺少不得的，倒是一种类似宁波横脚蟹的蟳蟹，福州人叫作"新恩"，《闽小纪》里所说的虎蚒，大约就是此物。据福州人说，蟳肉最滋补，也最容易消化，所以产妇病人以有体弱的人，往往爱吃。但由对蟹类素无好感的我看来，却仍赞成周亮工之言，终觉得质粗味劣，远不及蚌与蛎房或香螺的来得干脆。

福州海味的种类，除上述的三种以外，原也很多很多；但是别地方也有，我们平常在上海也常常吃得到的东西，记下来也没有什么价值，所以不说。至于与海错相对的山珍哩，却更是可以干制，可以输出的东西，益发地没有记述的必要了，所以在这里只想说一说叫作肉燕的那一种奇异的包皮。

初到福州，打从大街小巷里走过，看见好些店家，都有一个大砧头摆在店中；一两位壮强的男子，拿了木锥，只在对着砧上的一大块猪肉，一下一下地死劲地敲。把猪肉这样地乱敲乱打，究竟算什么回事？我每次看见，总觉得奇怪；后来向福州的朋友一打听，才知道这就是制肉燕的原料了。所谓肉燕者，就是将猪肉打得粉烂，和入面粉，然后再制成皮子，如包馄饨的外皮一样，用以来包制菜蔬的东西。听说这物事在福建，也只是福州独有的特产。

福州食品的味道，大抵重糖；有几家真正福州馆子里烧出来的鸡鸭四件，简直是同蜜饯的罐头一样，不杂入一粒盐花。因此福州人的牙齿，十人九坏。有一次去看三赛乐的闽剧，看见台上演戏的人，个个都是满口金黄；回头更向左右的观众一看，妇女子的嘴里也大半镶着全副的金色牙齿。于是天黄黄，地黄黄，弄得我这一向就痛恨金牙齿的偏执狂者，几乎想放声大哭，以为福州人故意在和我捣乱。

将这些脱嫌糖重的食味除起，若论到酒，则福州的那一种土黄酒，也还勉强可以喝得。周亮工所记的玉带春、梨花白、蓝家酒、碧霞酒、莲须白、河清、双夹、西施红、状元红等，我都不曾喝过，所以不敢品评。只有会城各处在卖的鸡老（酪）酒，颜色却和绍酒一样的红似琥珀，味道略苦，喝多了觉得头痛。听说这是以一生鸡，悬之酒中，等鸡肉鸡骨都化了后，然后开坛饮用的酒，自然也是越陈越好。福州酒店外面，都写酒库两字，发卖叫发扛，也是新奇得很的名称。以红糟酿的甜酒，味道有点像上海的甜白酒，不过颜色桃红，当是西施红等名目出处的由来。莆田的荔枝酒，颜色深红带黑，味甘甜如西班牙的宝德红葡萄，虽则名贵，但我却终不喜欢。福州一般宴客，喝的总还是绍兴花雕，价钱极贵，斤两又不足，而酒味也淡似沪杭各地，我觉得建庄终究不及京庄。

福州的水果花木，终年不断；橙柑、福橘、佛手、荔枝、龙眼、甘蔗、香蕉以及茉莉、兰花、橄榄等等，都是全国闻名的品物；好事者且各有谱谍之著，我在这里，自然可以不说。

闽茶半出武夷，就是不是武夷之产，也往往借这名山为号召。铁罗汉、铁观音的两种，为茶中柳下惠，非红非绿，略带赭色；酒醉之后，喝它三杯两盏，头脑倒真能清醒一下。其他若龙团玉乳，大约名目总也不少，我不恋茶娇，终是俗客，深恐品评失当，贻笑大方，在这里只好轻轻放过。

从《闽小纪》中的记载看来，番薯似乎还是福建人开始从南洋运来的代食品；其后因种植的便利，食味的甘美，就流传到内地去了；这植物传播到中国来的时代，只在三百年前，是明末清初的时候，因亮工所记如此，不晓得究竟是否确实。不过福建的米麦，向来就说不足，现在也须仰给于外省或台湾，但田稻倒又可以一年两植。而福州正式的酒席，大抵总不吃饭散场，因为菜太丰盛了，吃到后来，总已个个饱满，用不着再以饭颗来充腹之故。

饮食外的有名处所，城内为树春园、南轩、河上酒家、可然亭等。味和小吃，亦佳且廉；仓前的鸭面，南门兜的素菜与牛肉馆，鼓楼西的水饺子铺，都是各有长处的小吃处；久吃了自然不对，偶尔去一试，倒也别有风味。城外在南台的西菜馆，有嘉宾、西宴台、法大、西来，以及前临闽江，内设戏台的广聚楼等。洪山桥畔的义心楼，以吃形同比目鱼的贴沙鱼著名；仓前山的快乐林，以吃小盘西洋菜见称，这些当然又是菜馆中的别调。至如我所寄寓的青年会食堂，地方清洁宽广，中西菜也可以吃吃，只是不同耶稣的飧宴十二门徒一样，不许顾客醉饮葡萄酒浆，所以正式请客，大感不便。

此外则福建特有的温泉浴场，如汤门外的百合、福龙泉，飞机场的乐天泉等，也备有饮馔供客；浴客往往在这些浴场里可以鬼混一天，不必出外去买酒买食，却也便利。从前听说更可以在个人池内男女同浴，则饮食男女，就不必分求，一举竟可以两得了。

要说福州的女子，先得说一说福建的人种。大约福建土著的最初老百姓，为南洋近边的海岛人种；所以面貌习俗，与日本的九州一带，有点相像。其后汉族南下，与这些土人杂婚，就成了无诸种族，系在春秋战国，吴越争霸之后。到得唐朝，大兵入境；相传当时曾杀尽了福建的男子，只留下女人，以配光身的兵士；故而直至现在，福州人还呼丈夫为“唐晡人”，晡者系日暮袭来的意思，同时女人的“诸娘仔”之名，也出来了。还有现在东门外北门外的许多工女农妇，头上仍带着三把银刀似的簪为发饰，俗称他们作三把刀，据说犹是当时的遗制。因为她们的父亲丈夫儿子，都被外来的征服者杀了；她们誓死不肯从敌，故而时时带着三把刀在身边，预备复仇。只今台湾的福建籍妓女，听说也是一样；亡国到了现在，也已经有好多年了，而她们却仍不肯与日本的嫖客同宿。若有人破此旧习，而与日本嫖客同宿一宵者，同人中就视作禽兽，耻不与伍，这又是多么悲壮的一幕惨剧！谁说犹唱后庭花处，商女都不知家国的兴亡哩！试看汉奸到处卖国，而妓女乃不肯辱身，其间相去，又岂只泾渭的不同？这一种古代的人种，与唐人杂婚之后，一部分不完全唐化，仍保留着他们固有的生活习惯，宗教仪式的，就是现在仍旧退居在北门外万山深处的畲民。此外的一族，以水上为家，晚清以后，一向被视为贱民，不时受汉人的蹂躏的，相传其祖先系蒙古人。自元亡后，遂贬为疍户，俗呼科蹄。科蹄实为曲蹄之别音，因他们常常曲膝盘坐在船舱之内，两脚弯曲，故有此称。串通倭寇，骚扰沿海一带的居民，古时在泉州叫作泉郎的，这是这一种人种的旁支。

因为福州人种的血统，有这种种的沿革，所以福建人的面貌，和一般中原的汉族，有点两样。大致广颡深眼，鼻子与颧骨高突，两颊深陷成窝，下额部也稍稍尖凸向前。这一种面相，生在男人的身上，倒也并不觉得特别；但一生在女人的身上，高突部为嫩白的皮肉所调和，看起来却个个都线条刻画分明，像是希腊古代的雕塑人形了。福州女人的另一特点，是在她们的皮色的细白。生长在深闺中的宦家小姐，不见天日，白腻原也应该；最奇怪的，却是那些住在城外的工农佣妇，也一例地有着那种嫩白微红，像刚施过脂粉似的皮肤。大约日夕灌溉的温泉浴是一种关系，吃在闽江江水，总也是一种关系。

我们从前没有居住过福建，心目中总只以为福建人种，是一种蛮族。后来到了那里，和他们的文化一接触，才晓得他们虽则开化得较迟，但进步得却很快；又因为东南是海港的关系，中西文化的交流，也比中原僻地为频繁，所以闽南的有些都市，简直繁华摩登得可以同上海来争甲乙。及至观察稍深，一移目到了福州的女性，更觉得她们的美的水准，比苏杭的女子要高好几倍；而装饰的入时，身体的康健，比到苏州的小型女子，又得高强数倍都不止。

“天生丽质难自弃”，表露欲，装饰欲，原是女性的特嗜；而福州女子所有的这一种显示本能，似乎比什么地方的人还要强一点。因而天晴气爽，或岁时伏腊，有迎神赛会的关头，南大街，仓前山一带，完全是美妇人披露的画廊。眼睛个个是灵敏深黑的，鼻梁个个是细长高突的，皮肤个个是柔嫩雪白的；此外还要加上以最摩登的衣饰，与来自巴黎纽约的化装品的香雾与红霞，你说这幅福州晴天午后的全景，美丽不美丽？迷人不迷人？

亦唯因此之故，所以也影响到了社会，影响到了风俗。国民经济破产，是全国到处都一样的事实；而这些妇女子们，又大半是不生产的中流以下的阶级。衣食不足，礼仪廉耻之凋伤，原是自然的结果，故而在福州住不上几月，就时时有暗娼流行的风说，传到耳边上来。都市集中人口以后，这实在也是一种不可避免而亟待解决的社会大问题。

说及了暗娼，自然不得不说一说福州的官娼。从前邵武诗人张亨甫，曾著过一部《南浦秋波录》，是专记南台一带的烟花韵事的；现在世业凋零，景气全落，这些乐户人家，完全没有旧日的豪奢影子了。福州最上流的官娼，叫作白面处，是同上海的长三一样的款式。听几位久住福州的朋友说，白面处近来门可罗雀，早已掉在没落的深渊里了；其次还勉强在维持市面的，是以卖嘴不卖身为标榜的清唱堂，无论何人，只须花三元法币，就能进去听三出戏。就是这一时号称极盛的清唱堂，现在也一家一家地废了业，只剩了田墩的三五家人家。自此以下，则完全是惨无人道的下等娼妓，与野鸡款式的无名密贩了，数目之多，求售之切，到了骇人听闻的地步。至于城内的暗娼，包月妇，零售处之类，只听见公安维持者等谈起过几次，报纸上见到过许多回，内容虽则无从调查，但演绎起来，旁证以社会的萧条，产业的不振，国步的艰难，与夫人口的过剩，总也不难举一反三，晓得她们的大概。

总之，福州的饮食男女，虽比别处稍觉得奢侈，而福州的社会状态，比别处也并不见得十分的堕落。说到两性的纵弛，人欲的横流，则与风土气候有关，次热带的境内，自然要比温带寒带为剧烈。而食品的丰富，女子一般姣美与健康，却是我们不曾到过福建的人所意想不到的发现。

一九三六年六月二日

故都的秋

秋天，无论在什么地方的秋天，总是好的；可是啊，北国的秋，却特别地来得清，来得静，来得悲凉。我的不远千里，要从杭州赶上青岛，更要从青岛赶上北平来的理由，也不过想饱尝一尝这“秋”，这故都的秋味。

江南，秋当然也是有的；但草木凋得慢，空气来得润，天的颜色显得淡，并且又时常多雨而少风；一个人夹在苏州上海杭州，或厦门香港广州的市民中间，混混沌沌地过去，只能感到一点点清凉，秋的味，秋的色，秋的意境与姿态，总看不饱，尝不透，赏玩不到十足。秋并不是名花，也并不是美酒，那一种半开，半醉的状态，在领略秋的过程上，是不合适的。

不逢北国之秋，已十余年了。在南方每年到了秋天，总要想起陶然亭的芦花，钓鱼台的柳影，西山的虫唱，玉泉的夜月，潭柘寺的钟声。在北平即使不出门去吧，就是在皇城人海之中，租人家一椽破屋来住着，早晨起来，泡一碗浓茶，向院子一坐，你也能看得到很高很高的碧绿的天色，听得到青天下驯鸽的飞声。从槐树叶底，朝东细数着一丝一丝漏下来的日光，或在破壁腰中，静对着像喇叭似的牵牛花（朝荣）的蓝朵，自然而然地也能够感觉到十分的秋意。说到了牵牛花，我以为以蓝色或白色者为佳，紫黑色次之，淡红色最下。最好，还要在牵牛花底，教长着几根疏疏落落的尖细且长的秋草，使作陪衬。

北国的槐树，也是一种能使人联想起秋来的点缀。像花而又不是花的那一种落蕊，早晨起来，会铺得满地。脚踏上去，声音也没有，气味也没有，只能感出一点点极微细极柔软的触觉。扫街的在树影下一阵扫后，灰土上留下来的一条条扫帚的丝纹，看起来既觉得细腻，又觉得清闲，潜意识下并且还觉得有点儿落寞，古人所说的梧桐一叶而天下知秋的遥想，大约也就在这些深沉的地方。

秋蝉的衰弱的残声，更是北国的特产；因为北平处处全长着树，屋子又低，所以无论在什么地方，都听得见它们的啼唱。在南方是非要上郊外或山上去才听得到的。这秋蝉的嘶叫，在北平可和蟋蟀耗子一样，简直像是家家户户都养在家里的家虫。

还有秋雨哩，北方的秋雨，也似乎比南方的下得奇，下得有味，下得更像样。

在灰沉沉的天底下，忽而来一阵凉风，便息列索落地下起雨来了。一层雨过，云渐渐地卷向了西去，天又青了，太阳又露出脸来了；着着很厚的青布单衣或夹袄的都市闲人，咬着烟管，在雨后的斜桥影里，上桥头树底下去一立，遇见熟人，便会用了缓慢悠闲的声调，微叹着互答着的说：

“唉，天可真凉了——”（这了字念得很高，拖得很长。）

“可不是吗？一层秋雨一层凉啦！”

北方人念阵字，总老像是层字，平平仄仄起来，这念错的歧韵，倒来得正好。

北方的果树，到秋来，也是一种奇景。第一是枣子树，屋角，墙头，茅房边上，灶房门口，它都会一株株地长大起来。像橄榄又像鸽蛋似的这枣子颗儿，在小椭圆形的细叶中间，显出淡绿微黄的颜色的时候，正是秋的全盛时期；等枣树叶落，枣子红完，西北风就要起来了，北方便是尘沙灰土的世界，只有这枣子、柿子、葡萄，成熟到八九分的七八月之交，是北国的清秋的佳日，是一年之中最好也没有的 Colden Days。

有些批评家说，中国的文人学士，尤其是诗人，都带着很浓厚的颓废色彩，所以中国的诗文里，颂赞秋的文字特别地多。但外国的诗人，又何尝不然？我虽则外国诗文念得不多，也不想开出账来，做一篇秋的诗歌散文钞，但你若去一翻英德法意等诗人的集子，或各国的诗文的 Anthology 来，总能够看到许多关于秋的歌颂与悲啼。各著名的大诗人的长篇田园诗或四季诗里，也总以关于秋的部分，写得最出色而最有味。足见有感觉的动物，有情趣的人类，对于秋，总是一样地能特别引起深沉、幽远、严厉、萧索的感触来的。不单是诗人，就是被关闭在牢狱里的囚犯，到了秋天，我想也一定会感到一种不能自已的深情；秋之于人，何尝有国别，更何尝有人种阶级的区别呢？不过在中国，文字里有一个“秋士”的成语，读本里又有着很普遍的欧阳子的《秋声》与苏东坡的《赤壁赋》等，就觉得中国的文人，与秋的关系特别深了。可是这秋的深味，尤其是中国的秋的深味，非要在北方，才感受得到的。

南国之秋，当然是也有它的特异的地方的，譬如廿四桥的明月，钱塘江的秋潮，普陀山的凉雾，荔枝湾的残荷等等，可是色彩不浓，回味不永。比起北国的秋来，正像是黄酒之与白干，稀饭之与馍馍，鲈鱼之与大蟹，黄犬之与骆驼。

秋天，这北国的秋天，若留得住的话，我愿把寿命的三分之二折去，换得一个三分之一的零头。

一九三四年八月在北平

记风雨茅庐

自家想有一所房子的心愿，已经起了好几年了；明明知道创造欲是好的，所有欲是坏的事情，但一轮到自己的头上，总觉得衣食住行四件大事之中的最低限度的享有，是不可以不保住的。我衣并不要锦绣，食也自甘于藜藿，可是住的房子，代步的车子，或者至少也必须一双袜子与鞋子的限度，总得有了才能说话。况且从前曾有一位朋友劝过我说，一个人既生下了地，一块地却不可以没有，活着可以住住立立，或者睡睡坐坐，死了便可以挖一个洞，将己身来埋葬；当然这还是没有火葬，没有公墓以前的时代的话。

自搬到杭来住后，于不意之中，承友人之情，居然弄到了一块地，从此葬的问题总算解决了；但是住的呢，占据的还是别人家的房子。去年春季，写了一篇短短的应景而不希望有什么结果的文章，说自己只想有一所小小的住宅，可是发表了不久，就来了一个回响，一位做建筑事业的朋友先来说："你若要造房子，我们可以完全效劳。"一位有一点钱的朋友也说："若通融得少一点，或者还可以想法。"四面一凑，于是起造一个风雨茅庐的计划即便成到了百分之八十，不知我者谓我有了钱，深知我者谓我冒了险，但是有钱也罢，冒险也罢，入秋以后，总之把这笑话勉强弄成了事实，在现在的寓所之旁，也竟丁丁笃笃地动起了工，造起了房子。这也许是我的 Folly，这也许是朋友们对于我的过信，不过从今以后，那些破旧的书籍，以及行军床，旧马子之类，却总可以不再去周游列国，学夫子的栖栖一代了。在这些地方，所有欲原也有它的好处。

本来是空手做的大事，希望当然不能过高；起初我只打算以茅草来代瓦，以涂泥来作壁，起他五间不大不小的平房，聊以过过自己有一所住宅的瘾的；但偶尔在亲戚家一谈，却谈出来了事情。他说："你要造房屋，也得拣一个日，看一看方向；古代的周易，现代的天文地理，却实在是有至理存在那里的呢！"言下他还接连举出了好几个很有征验的实例出来给我听，而在座的其他三四朋友，并且还同时做了填具脚踏手印的见证人。更奇怪的，是他们所说的这一位具有通天入地眼的奇迹创造者，也是同我们一样，读过哀皮西提，演过代数几何，受过现代高等教育的学校毕业生。经这位亲戚的一介绍，经我的一相信，当初的计划，就变了卦，茅庐变作了瓦屋，五开间的一排营房似的平居，拆作了三开间两开间的两座小蜗庐。中间又起了一座墙，墙上更挖了一个洞；住屋的两旁，也添了许多间的无名的小房间。这么的一来，房屋原多了不少，可同时债台也已经筑得比我的风火墙还高了几尺。这一座高台基石的奠基者郭相经先生，并且还在劝我说："东南角的龙手大空，要好，还得造一间南向的门楼，楼上面再做上一层水泥的平台才行。"他的这一句话，又恰巧打中了我的下意识里的一个痛处；在这只空角上，我实在也在打算盖起一座塔样的楼来，楼名是十五六年前就想好的，叫作"夕阳楼"。现在这一座塔楼，虽则还没有盖起，可是只打算避避风雨的茅庐一所，却也涂上了朱漆，嵌上了水泥，有点像是外国乡镇里的五六等贫民住的样子了；自己虽则不懂阳宅的地理，但在光线不甚明亮的清早或薄暮看起来，倒也觉得郭先生的设计，并没有弄什么玄虚，和科学的方法，仍旧还是对的。所以一定要在光线不甚明亮的时候看的原因，就因为我的胆子毕竟还小，不敢空口说大话要包工用了最好的材料来造我这一座贫民住宅的缘故。这倒还不在话下，有点儿觉得麻烦的，却是预先想好的那个风雨茅庐的风雅名字与实际的不符。皱眉想了几天，又觉得中国的山人并不入山，儿子的小犬也不是狗的玩意儿，原早已有人在干了，我这样的小小地再说一个并不害人的谎，总也不至于有死罪。况且西湖上的那间巍巍乎有点像先施永安的堆栈似的高大洋楼之以××草舍作名称，也不曾听见说有人去干涉过。多一事不如少一事，九九归原，还是照最初的样子，把我的这间贫民住宅，仍旧叫作避风雨的茅庐。横额一块，却是因为君武先生这次来杭之便，硬要他伸了疯痛的右手，替我写上的。

一九三六年一月十日

春风沉醉的晚上

一

在沪上闲居了半年，因为失业的结果，我的寓所迁移了三处。最初我住在静安寺路南的一间同鸟笼似的永也没有太阳晒着的自由的监房里。这些自由的监房的住民，除了几个同强盗小窃一样的凶恶裁缝之外，都是些可怜的无名文士，我当时所以送了那地方一个 Yellow Grab Street 的称号。在这 Grub Street 里住了一个月，房租忽涨了价，我就不得不拖了几本破书，搬上跑马厅附近一家相识的栈房里去。后来在这栈房里又受了种种逼迫，不得不搬了，我便在外白渡桥北岸的邓脱路中间，日新里对面的贫民窟里，寻了一间小小的房间，迁移了过去。

邓脱路的这几排房子，从地上量到屋顶，只有一丈几尺高。我住的楼上的那间房间，更是矮小得不堪。若站在楼板上升一升懒腰，两只手就要把灰黑的屋顶穿通的。从前面的衖衕里踱进了那房子的门，便是房主的住房。在破布洋铁罐玻璃瓶旧铁器堆满的中间，侧着身子走进两步，就有一张中间有几根横档跌落的梯子靠墙摆在那里。用了这张梯子往上面的黑黝黝的一个二尺宽的洞里一接，即能走上楼去。黑沉沉的这层楼上，本来只有猫额那样大，房主人却把它隔成了两间小房，外面一间是一个 N 烟公司的女工住在那里，我所租的是梯子口头的那间小房，因为外间的住者要从我的房里出入，所以我的每月的房租要比外间的便宜几角小洋。

我的房主，是一个五十来岁的弯腰老人。他的脸上的青黄色里，映射着一层暗黑的油光。两只眼睛是一只大一只小，颧骨很高，额上颊上的几条皱纹里满砌着煤灰，好像每天早晨洗也洗不掉的样子。他每日于八九点钟的时候起来，咳嗽一阵，便挑了一双竹篮出去，到午后的三四点钟总仍旧是挑了一双空篮回来的，有时挑了满担回来的时候，他的竹篮里便是那些破布破铁器玻璃瓶之类。像这样的晚上，他必要去买些酒来喝喝，一个人坐在床沿上瞎骂出许多不可捉摸的话来。

我与间壁的同寓者的第一次相遇，是在搬来的那天午后。春天的急景已经快晚了的五点钟的时候，我点了一支蜡烛，在那里安放几本刚从栈房里搬过来的破书。先把它们叠成了两方堆，一堆小些，一堆大些，然后把两个二尺长的装画的画架覆在大一点的那堆书上。因为我的器具都卖完了，这一堆书和画架白天要当写字台，晚上可当床睡的。摆好了画架的板，我就朝着了这张由书叠成的桌子，坐在小一点的那堆书上吸烟，我的背系朝着梯子的接口的。我一边吸烟，一边在那里呆看放在桌上的蜡烛火，忽而听见梯子口上起了响动。回头一看，我只见了一个自家的扩大的投射影子，此外什么也辨不出来，但我的听觉分明告诉我说："有人上来了。"我向暗中凝视了几秒钟，一个圆形灰白的面貌，半截纤细的女人的身体，方才映到我的眼帘上来。一见了她的容貌，我就知道她是我的间壁的同居者了。因为我来找房子的时候，那房主的老人便告诉我说，这屋里除了他一个人外，楼上只住着一个女工。我一则喜欢房价的便宜，二则喜欢这屋里没有别的女人小孩，所以立刻就租定了的。等她走上了梯子，我才站起来对她点了点头说：

“对不起，我是今朝才搬来的，以后要请你照应。”

她听了我这话，也并不回答，放了一双漆黑的大眼，对我深深地看了一眼，就走上她的门口去开了锁，进房去了。我与她不过这样地见了一面，不晓是什么原因，我只觉得她是一个可怜的女子。她的高高的鼻梁，灰白长圆的面貌，清瘦不高的身体，好像都是表明她是可怜的特征，但是当时正为了生活问题在那里操心的我，也无暇去怜惜这还未曾失业的女工，过了几分钟我又动也不动地坐在那一小堆书上看蜡烛光了。

在这贫民窟里过了一个多礼拜，她每天早晨七点钟去上工和午后六点多钟下工回来，总只见我呆呆地对着了蜡烛或油灯坐在那堆书上。大约她的好奇心被我那痴不痴呆不呆的态度挑动了罢。有一天她下了工走上楼来的时候，我依旧和第一天一样地站起来让她过去。她走到了我的身边忽而停住了脚。看了我一眼，吞吞吐吐好像怕什么似的问我说：

“你天天在这里看的是什么书？”

（她操的是柔和的苏州音，听了这一种声音以后的感觉，是怎么也写不出来的，所以我只能把她的言语译成普通的白话。）

我听了她的话，反而脸上涨红了。因为我天天呆坐在那里，面前虽则有几本外国书摊着，其实我的脑筋昏乱得很，就是一行一句也看不进去。有时候我只用了想象在书的上一行与下一行中间的空白里，填些奇异的模型进去。有时候我只把书里边的插画翻开来看看，就了那些插画演绎些不近人情的幻想出来。我那时候的身体因为失眠与营养不良的结果，实际上已经成了病的状态了。况且又因为我的唯一的财产的一件棉袍子已经破得不堪，白天不能走出外面去散步和房里全没有光线进来，不论白天晚上，都要点着油灯或蜡烛的缘故，非但我的全部健康不如常人，就是我的眼睛和脚力，也局部得非常萎缩了。在这样状态下的我，听了她这一问，如何能够不红起脸来呢？所以我只是含含糊糊地回答说：

“我并不在看书，不过什么也不做呆坐在这里，样子一定不好看，所以把这几本书摊放着的。”

她听了这话，又深深地看了我一眼，作了一种不解的形容，依旧地走到她的房里去了。

那几天里，若说我完全什么事情也不去找什么事情也不曾干，却是假的。有时候，我的脑筋稍微清新一点下来，也曾译过几首英法的小诗和几篇不满四千字的德国的短篇小说，于晚上大家睡熟的时候，不声不响的出去投邮，在寄投给各新开的书局。因为当时我的各方面就职的希望，早已经完全断绝了，只有这一方面，还能靠了我的枯燥的脑筋，想想法子看。万一中了他们编辑先生的意，把我译的东西登了出来，也不难得着几块钱的酬报。所以我自迁移到邓脱路以后，当她第一次同我讲话的时候，这样的译稿已经发出了三四次了。

二

在乱昏昏的上海租界里住着，四季的变迁和日子的过去是不容易觉得的。我搬到了邓脱路的贫民窟之后，只觉得身上穿在那里的那件破棉袍子一天一天地重了起来，热了起来，所以我心里想：

“大约春光也已经老透了吧！”

但是囊中很羞涩的我，也不能上什么地方去旅行一次，日夜只是在那暗室的灯光下呆坐。在一天大约是午后了，我也是这样地坐在那里，间壁的同住者忽而手里拿了两包用纸包好的物件走了上来，我站起来让她走的时候，她把手里的纸包放了一包在我的书桌上说：

“这一包是葡萄浆的面包，请你收藏着，明天好吃的。另外我还有一包香蕉买在这里，请你到我房里来一道吃吧！”

我替她拿住了纸包，她就开了门邀我进她的房里去，共住了这十几天，她好像已经信用我是一个忠厚的人的样子。我见她初见我的时候脸上流露出来的那一种疑惧的形容完全没有了。我进了她的房里，才知道天还未暗，因为她的房里有一扇朝南的窗，太阳返射的光线从这窗里投射进来，照见了小小的一间房，由二条板铺成的一张床，一张黑漆的半桌，一只板箱和一条圆凳。床上虽则没有帐子，但堆着有二条洁净的青布被褥。半桌上有一只小洋铁箱摆在那里，大约是她的梳头器具，洋铁箱上已经有许多油污的点子了。她一边把堆在圆凳上的几件半旧的洋布棉袄、粗布裤等收在床上，一边就让我坐下。我看了她那殷勤待我的样子，心里倒不好意思起来，所以就对她说：

“我们本来住在一处，何必这样地客气。”

“我并不客气，但是你每天当我回来的时候，总站起来让我，我却觉得对不起得很。”

这样地说着，她就把一包香蕉打开来让我吃。她自家也拿了一只，在床上坐下，一边吃一边问我说：

“你何以只住在家里，不出去找点事情做做？”

“我原是这样地想，但是找来找去总找不着事情。”

“你有朋友吗？”

“朋友是有的，但是到了这样的时候，他们都不和我来往了。”

“你进过学堂吗？”

“我在外国的学堂里曾经念过几年书。”

“你家在什么地方？何以不回家去？”

她问到了这里，我忽而感觉到我自己的现状了。因为自去年以来，我只是一日一日地萎靡下去，差不多把“我是什么人”“我现在所处的是怎么一种境遇”“我的心里还是悲还是喜”这些观念都忘掉了。经她这一问，我重新把半年来困苦的情形一层一层地想了出来。所以听她的问话以后，我只是呆呆地看她，半晌说不出话来。她看了我这个样子，以为我也是一个无家可归的流浪人。脸上就立时起了一种孤寂的表情，微微地叹着说：

“唉！你也是同我一样的吗？”

微微地叹了一声之后，她就不说话了。我看她的眼圈上有些潮红起来，所以就想了一个另外的问题问她说：

“你在工厂里做的是什么工作？”

“是包纸烟的。”

“一天做几个钟头工？”

“早晨七点钟起，晚上六点钟止，中午休息一个钟头，每天一共要做十个钟头的工。少做一点钟就要扣钱的。”

“扣多少钱？”

“每月九块钱，所以是三块钱十天，三分大洋一个钟头。”

“饭钱多少？”

“四块钱一月。”

“这样算起来，每月一个钟点也不休息，除了饭钱，可省下五块钱来。够你付房钱买衣服的吗？”

“哪里够呢！并且那管理人要……啊啊！我……我所以非常恨工厂的。你吃烟的吗？”

“吃的。”

“我劝你顶好还是不吃。就吃也不要去吃我们工厂的烟。我真恨死它在这里。”

我看看她那一种切齿怨恨的样子，就不愿意再说下去。把手里捏着的半个吃剩的香蕉咬了几口，向四边一看，觉得她的房里也有些灰黑了，我站起来道了谢，就走回到了我自己的房里。她大约做工倦了的缘故，每天回来大概是马上就入睡的，只有这一晚上，她在房里好像是直到半夜还没有就寝。从这一回之后，她每天回来，总和我说几句话。我从她自家的口里听得，知道她姓陈，名叫二妹，是苏州东乡人，从小系在上海乡下长大的，她父亲也是纸烟工厂的工人，但是去年秋天死了。

她本来和她父亲同住在那间房里，每天同上工厂去的，现在却只剩了她一个人了。她父亲死后的一个多月，她早晨上工厂去也一路哭了去，晚上回来也一路哭了回来的。她今年十七岁，也无兄弟姊妹，也无近亲的亲戚。她父亲死后的葬殓等事，是他于未死之前把十五块钱交给楼下的老人，托这老人包办的。她说：

“楼下的老人倒是一个好人，对我从来没有起过坏心，所以我得同父亲在日一样地去做工，不过工厂的一个姓李的管理人却坏得很，知道我父亲死了，就天天地想戏弄我。”

她自家和她父亲的身世，我差不多全知道了，但她母亲是如何的一个人？死了呢还是活在哪里？假使还活着，住在什么地方？等等，她却从来还没有说及过。

三

天气好像变了。几日来我那独有的世界，黑暗的小房里的腐浊的空气，同蒸笼里的蒸气一样，蒸得人头昏欲晕，我每年在春夏之交要发的神经衰弱的重症，遇了这样的气候，就要使我变成半狂。所以我这几天来到了晚上，等马路上人静之后，也常常想出去散步去。一个人在马路上从狭隘的深蓝天空里看看群星，慢慢地向前行走，一边作些漫无涯涘的空想，倒是于我的身体很有利益。当这样的无可奈何，春风沉醉的晚上，我每要在各处乱走，走到天将明的时候才回家里。我这样地走倦了回去就睡，一睡直可睡到第二天的日中，有几次竟要睡到二妹下工回来的前后方才起来，睡眠一足，我的健康状态也渐渐地回复起来了。平时只能消化半磅面包的我的胃部，自从我的深夜游行的练习开始之后，进步得几乎能容纳面包一磅了。这事在经济上虽则是一大打击，但我的脑筋，受了这些滋养，似乎比从前稍能统一。我于游行回来之后，就睡之前，却做成了几篇 Allan Poe 式的短篇小说，自家看看，也不很坏。我改了几次，抄了几次，一一投邮寄出之后，心里虽然起了些微细的希望，但是想想前几回的译稿的绝无消息，过了几天，也便把它们忘了。

邻住者的二妹，这几天来，当她早晨出去上工的时候，我总在那里酣睡，只有午后下工回来的时候，有几次有见面的机会，但是不晓是什么原因，我觉得她对我的态度，又回到从前初见面的时候的疑惧状态去了。有时候她深深地看我一眼，她的黑晶晶，水汪汪的眼睛里，似乎是满含着责备我规劝我的意思。

我搬到这贫民窟里住后，已经有二十多天的样子，一天午后我正点上蜡烛，在那里看一本从旧书铺里买来的小说的时候，二妹却急急忙忙地走上楼来对我说：

“楼下有一个送信的在那里，要你拿了印子去拿信。”她对我讲这话的时候，她的疑惧我的态度更表示得明显，她好像在那里说：“呵呵！你的事件是发觉了啊！”我对她这种态度，心里非常痛恨，所以就气急了一点，回答她说：

“我有什么信？不是我的！”

她听了我这气愤愤的回答，更好像是得了胜利似的，脸上忽涌出了一种冷笑说：

“你自家去看吧！你的事情，只有你自家知道的！”

同时我听见楼底下门口果真有一个邮差似的人在催着说：

“挂号信！”

我把信取来一看，心里就突突地跳了几跳，原来我前回寄去的一篇德文短篇的译稿，已经在某杂志上发表了，信中寄来的是五元钱的一张汇票。我囊里正是将空的时候，有了这五元钱，非但月底要预付的来月的房金可以无忧，并且付过房金以后，还可以维持几天食料，当时这五元钱对我的效用的扩大，是谁也能推想得出来的。

第二天午后，我上邮局去取了钱，在太阳晒着的大街上走了一会，忽而觉得身上就淋出了许多汗来。我向我前后左右的行人一看，复向我自家的身上一看，就不知不觉地把头低俯了下去。我颈上头上的汗珠，更同盛雨似的，一颗一颗地钻出来了。因为当我在深夜游行的时候，天上并没有太阳，并且料峭的春寒，于东方微白的残夜，老在静寂的街巷中留着，所以我穿的那件破棉袍子，还觉得不十分与节季违异。如今到了阳和的春日晒着的这日中，我还不能自觉，依旧穿了这件夜游的敝袍，在大街上阔步，与前后左右的和节季同时进行的我的同类一比，我哪得不自惭形秽呢？我一时竟忘了几日后不得不付的房金，忘了囊中本来将尽的些微的积聚，便慢慢地走上了闸路的估衣铺去。好久不在天日之下行走的我，看看街上来往的汽车人力车，车中坐着的华美的少年男女，和马路两边的绸缎铺金银铺窗里的丰丽的陈设，听听四面的同蜂衙似的嘈杂的人声，脚步声，车铃声，一时倒也觉得是身到了大罗天上的样子。我忘记了我自家的存在，也想和我的同胞一样的欢歌欣舞起来，我的嘴里便不知不觉地唱起几句久忘了的京调来了。这一时的涅槃幻境，当我想横越过马路，转入闸路去的时候，忽而被一阵铃声惊破了。我抬起头来一看，我的面前正冲来了一乘无轨电车，车头上站着的那肥胖的机器手，伏出了半身，怒目的大声骂我说：

“猪头三！侬（你）艾（眼）睛勿散（生）咯！跌杀时，叫旺（黄）够（狗）来抵侬（你）命噢！”

我呆呆地站住了脚，目送那无轨电车尾后卷起了一道灰尘，向北过去之后，不知是从何处发出来的感情，忽而竟禁不住哈哈哈哈地笑了几声。等得四面的人注视我的时候，我才红了脸慢慢地走向了闸路里去。

我在几家估衣铺里，问了些夹衫的价线，还了他们一个我所能出的数目，几个估衣铺的店员，好像是一个师父教出的样子，都摆下了脸面，嘲弄着说：

“侬（你）寻萨咯（什么）凯（开心）！马（买）勿起好勿要马（买）咯！”

一直问到五马路边上的一家小铺子里，我看看夹衫是怎么也买不成了，才买定了一件竹布单衫，马上就把它换上。手里拿了一包换下的棉袍子，默默地走回家来。一边我心里却在打算：

“横竖是不够用了，我索性来痛快地用它一下吧。”同时我又想起了那天二妹送我的面包香蕉等物。不等第二次的回想我就寻着了一家卖糖食的店，进去买了一块钱巧格力香蕉糖鸡蛋糕等杂食。站在那店里，等店员在那里替我包好来的时候，我忽而想起我有一月多不洗澡了，今天不如顺便也去洗一个澡吧。

洗好了澡，拿了一包棉袍子和一包糖食，回到邓脱路的时候，马路两旁的店家，已经上电灯了。街上来往的行人也很稀少，一阵从黄浦江上吹来的日暮的凉风，吹得我打了几个冷噤。我回到了我的房里，把蜡烛点上。向二妹的房门一照，知道她还没有回来。那时候我腹中虽则饥饿得很，但我刚买来的那包糖食怎么也不愿意打开来。因为我想等二妹回来同她一道吃。我一边拿出书来看，一边口里尽在咽唾液下去。等了许多时候，二妹终不回来，我的疲倦不知什么时候出来战胜了我，就靠在书堆上睡着了。

四

二妹回来的响动把我惊醒的时候，我见我面前的一支十二盎司一包的洋蜡烛已经点去了二寸的样子，我问她是什么时候了？她说：

"十点的汽管刚刚放过。"

"你何以今天回来得这样迟？"

"厂里因为销路大了，要我们做夜工。工钱是增加的，不过人太累了。"

"那你可以不去做的。"

"但是工人不够，不做是不行的。"

她讲到这里，忽而滚了两粒眼泪出来，我以为她是做工作得倦了，故而动了伤感，一边心里虽在可怜她，但一边看她这同小孩似的脾气，却也感着了些儿快乐。把糖食包打开，请她吃了几颗之后，我就劝她说：

"初做夜工的时候不惯，所以觉得困倦，做惯了以后，也没有什么的。"

她默默地坐在我的半高的由书叠成的桌上，吃了几颗巧格力，对我看了几眼，好像是有话说不出来的样子。我就催她说：

"你有什么话说？"

她又沉默了一会，便断断续续地问我说：

"我……我……早想问你了，这几天晚上，你每晚在外边，可在与坏人做伙友吗？"

我听了她这话，倒吃了一惊，她好像在疑我天天晚上在外面与小窃恶棍混在一块。她看我呆了不答，便以为我的行为真的被她看破了，所以就柔柔和和地连续着说：

"你何苦要吃这样好的东西，要穿这样好的衣服。你可知道这事情是靠不住的。万一被人家捉了去，你还有什么面目做人。过去的事情不必去说它，以后我请你改过了吧……"

我尽是张大了眼睛张大了嘴呆呆地在看她，因为她的思想太奇怪了，使我无从辩解起。她沉默了数秒钟，又接着说：

"就以你吸的烟而论，每天若戒绝了不吸，岂不可省几个铜子。我早就劝你不要吸烟，尤其是不要吸那我所痛恨的N工厂的烟，你总是不听。"

她讲到了这里，又忽而落了几滴眼泪。我知道这是她为怨恨N工厂而滴的眼泪，但我的心里，怎么也不许我这样地想，我总要把它们当作因规劝我而洒的。我静静儿地想了一回，等她的神经镇静下去之后，就把昨天的那封挂号信的来由说给她听，又把今天的取钱买物的事情说了一遍。最后更将我的神经衰弱症和每晚何以必要出去散步的原因说了。她听了我这一番辩解，就信用了我，等我说完之后，她颊上忽而起了两点红晕，把眼睛低下去看看桌上，好像是怕羞似的说：

“噢，我错怪你了，我错怪你了。请你不要多心，我本来是没有歹意的。因为你的行为太奇怪了，所以我想到了邪路里去。你若能好好儿地用功，岂不是很好吗？你刚才说的那——叫什么的——东西，能够卖五块钱，要是每天能做一个，多么好呢？”

我看了她这种单纯的态度，心里忽而起了一种不可思议的感情，我想把两只手伸出去拥抱她一回，但是我的理性却命令我说：

“你莫再作孽了！你可知道你现在处的是什么境遇，你想把这纯洁的处女毒杀了吗？恶魔，恶魔，你现在是没有爱人的资格的呀！”

我当那种感情起来的时候，曾把眼睛闭上了几秒钟，等听了理性的命令以后，我的眼睛又张了开来，我觉得我的周围，忽而比前几秒钟更光明了。对她微微地笑了一笑，我就催她说：

“夜也深了，你该去睡了吧！明天你还要上工去的呢！我从今天起，就答应你把纸烟戒下来吧。”

她听了我这话，就站了起来，很喜欢地回到她的房里去睡了。

她去之后，我又换上一支洋蜡烛，静静儿地想了许多事情：

“我的劳动的结果，第一次得来的这五块钱已经用去了三块了。连我原有的一块多钱合起来，付房钱之后，只能省下二三角小洋来，如何是好呢！

“就把这破棉袍子去当吧！但是当铺里恐怕不要。

“这女孩子真是可怜，但我现在的境遇，可是还赶她不上，她是不想做工而工作要强迫她做，我是想找一点工作，终于找不到。就去做筋肉的劳动吧！啊啊，但是我这一双弱腕，怕吃不下一部黄包车的重力。

“自杀！我有勇气，早就干了。现在还能想到这两个字，足证我的志气还没有完全消磨尽哩！

“哈哈哈哈！今天的那无轨电车的机器手！他骂我什么来？

“黄狗，黄狗倒是一个好名词。

“………”

我想了许多零乱断续的思想，终究没有一个好法子，可以救我出目下的穷状来。听见工厂的汽笛，好像在报十二点钟了，我就站了起来，换上了白天那件破棉袍子，仍复吹熄了蜡烛，走出外面去散步去。

贫民窟里的人已经睡眠静了。对面日新里的一排临邓脱路的洋楼里，还有几家点着了红绿的电灯，在那里弹罢拉拉衣加。一声二声清脆的歌音，带着哀调，从静寂的深夜的冷空气里传到我的耳膜上来，这大约是俄国的漂泊的少女，在那里卖钱的歌唱。天上罩满了灰白的薄云，同腐烂的尸体似的沉沉地盖在那里。云层破处也能看得出一点两点星来，但星的近处，黝黝看得出来的天色，好像有无限的哀愁蕴藏着的样子。

悲剧的出生

“丙申年，庚子月，甲午日，甲子时”，这是因为近年来时运不佳，东奔西走，往往断炊，室人于绝望之余，替我去批来的命单上的八字。开口就说年庚，倘被精神异状的有些女作家看见，难免得又是一顿痛骂，说：“你这丑小子，你也想学赵张君瑞来了吗？下流，下流！”但我的目的呢，倒并不是在求爱，不过想大书特书地说一声，在光绪二十二年十一月初三的夜半，一出结构并不很好而尚未完成的悲剧出生了。

光绪的二十二年（西历一八九六）丙申，是中国正和日本战败后的第三年；朝廷日日在那里下罪己诏，办官书局，修铁路，讲时务，和各国缔订条约。东方的睡狮，受了这当头的一棒，似乎要醒转来了；可是在酣梦的中间，消化不良的内脏，早经发生了腐溃，任你是如何的国手，也有点儿不容易下药的征兆，却久已流布在上下各地的施设之中。败战后的国民——尤其是初出生的小国民，当然是畸形，是有恐怖狂，是神经质的。

儿时的回忆，谁也在说，是最完美的一章，但我的回忆，却尽是些空洞。第一，我所经验到的最初的感觉，便是饥饿；对于饥饿的恐怖，到现在还在紧逼着我。

生到了末子，大约母体总也已经是亏损到了不堪再育了，乳汁的稀薄，原是当然的事情。而一个小县城里的书香世家，在洪杨之后，不曾发迹过的一家破落乡绅的家里，雇乳母可真不是一件细事。

四十年前的中国国民经济，比到现在，虽然也并不见得凋敝，但当时的物质享乐，却大家都在压制，压制得比英国清教徒治世的革命时代还要严刻。所以在一家小县城里的中产之家，非但雇乳母是一件不可容许的罪恶，就是一切家事的操作，也要主妇上场，亲自去做的。像这样的一位奶水不足的母亲，而又喂乳不能按时，杂食不加限制，养出来的小孩，哪里能够强健？我还长不到十二个月，就因营养的不良患起肠胃病来了。一病年余，由衰弱而发热，由发热而痉挛；家中上下，竟被一条小生命而累得精疲力尽；到了我出生后第三年的春夏之交，父亲也因此以病以死；在这里总算是悲剧的序幕结束了，此后便只是孤儿寡妇的正剧的上场。

几日西北风一刮，天上的鳞云，都被吹扫到东海里去了。太阳虽则消失了几分热力，但一碧的长天，却开大了笑口。富春江两样的乌桕树、槭树、枫树，振脱了许多病叶，显出了更疏匀更红艳的秋社后的浓妆；稻田割起了之后的那一种和平的气象，那一种洁净沉寂，欢欣干燥的农村气象，就是立在县城这面的江上，远远望去，也感觉得出来。那一条流绕在县城东南的大江哩，虽因无潮而杀了水势，比起春夏时候的水量来，要浅到丈把高的高度，但水色却澄清了，澄清得可以照见浮在水面上的鸭嘴的斑纹。从上江开下来的运货船只，这时候特别地多，风帆也格外地饱；狭长的白点，水面上一条，水底下一条，似飞云也似白象，以青红的山，深蓝的天和水做了背景，悠闲地无声地在江面上滑走。水边上在那里看船行，摸鱼虾，采被水冲洗得很光洁的白石，挖泥沙造城池的小孩们，都拖着了小小的影子，在这一个午饭之前的几刻钟里，鼓动他们的四肢，竭尽他们的气力。

离南门码头不远的一块水边大石条上，这时候也坐着一个五六岁的小该，头上养着了一圈罗汉发，身上穿了青粗布的棉袍子，在太阳里张着眼望江中间来往的帆樯。就在他的前面，在贴近水际的一块青石上，有一位十五六岁像是人家的使婢模样的女子，跪着在那里淘米洗菜。这相貌清瘦的孩子，既不下来和其他的同年辈的小孩们去同玩，也不愿意说话似的只沉默着在看远处。等那女子洗完菜后，站起来要走，她才笑着问了他一声说："你肚皮饿了没有?"他一边在石条上立起，预备着走，一边还在凝视着远处默默地摇了摇头。倒是这女子，看得他有点可怜起来了，就走近去握着了他的小手，弯腰轻轻地向他耳边说："你在惦记着你的娘吗?她是明后天就快回来了!"这小孩才回转了头，仰起来向她露了一脸很悲凉很寂寞的苦笑。

这相差十岁左右，看去又像姊弟又像主仆的两个人，慢慢走上了码头，走进了城垛；沿城向西走了一段，便在一条南向大江的小弄里走进去了。他们的住宅，就在这条小弄中的一条支弄里头，是一间旧式三开间的楼房。大门内的大院子里，长着些杂色的花木，也有几只大金鱼缸沿摇摆在那里。时间将近正午了，太阳从院子里晒上了向南的阶檐。这小孩一进大门，就跑步走到了正中的那间厅上，向坐在上面念经的一位五六十岁的老婆婆问说：

“奶奶，娘就快回来了吗？翠花说，不是明天，后天总可以回来的，是真的吗？”

老婆婆仍在继续着念经，并不开口说话，只把头点了两点。小孩子似乎是满足了，歪了头向他祖母的扁嘴看了一息，看看这一篇她在念着的经正还没有到一段落，祖母的开口说话，是还有几分钟好等的样子，他就又跑入厨下，去和翠花做伴去了。

午饭吃后，祖母仍在念她的经，翠花在厨下收拾食器；随时有几声洗锅子泼水碗相击的声音传过来外，这座三开间的大楼和大楼外的大院子里，静得同在坟墓里一样。太阳晒满了东面的半个院子，有几匹寒蜂和耐得起冷的蝇子，在花木里微鸣蠢动。靠阶檐的一间南房内，也照进了太阳光，那小孩只静悄悄地在一张铺着被的藤榻上坐着，翻看几本刘永福镇台湾，日本蛮子桦山总督被擒的石印小画本。

等翠花收拾完毕，一盆衣服洗好，想叫了他再一道的上江边去敲濯的时候，他却早在藤榻的被上，和衣睡着了。

这是我所记得的儿时生活。两位哥哥，因为年纪和我差得太远，早就上离家很远的书塾去念书了，所以没有一道玩的可能。守了数十年寡的祖母，也已将人生看穿了，自我有记忆以来，总只看见她在动着那张没有牙齿的扁嘴念佛念经。自父亲死后，母亲要身兼父职了，入秋以后，老是不在家里；上乡间去收租谷是她，将谷托人去砻成米也是她，雇了船，连柴带米，一道运回城里来也是她。

在我这孤独的童年里，日日和我在一处，有时候也讲些故事给我听，有时候也因我脾气的古怪而和我闹，可是结果终究是非常疼爱我的，却是那一位忠心的使婢翠花。她上我们家里来的时候，年纪正小得很，听母亲说，那时候连她的大小便，吃饭穿衣，都还要大人来侍候她的。父亲死后，两位哥哥要上学去，母亲要带了长工到乡下去料理一切，家中的大小操作，全赖着当时只有十几岁的她一双手。

只有孤儿寡妇的人家，受邻居亲戚们的一点欺凌，是免不了的；凡我们家里的田地盗卖了，堆在乡下的租谷等被窃去了，或祖坟山的坟树被砍了的时候，母亲去争夺不转来，最后的出气，就只是在父亲像前的一场痛哭。母亲哭了，我是当然也只有哭，而将我抱入怀里，时用柔和的话来慰抚我的翠花，总也要泪流得满面，恨死了那些无赖的亲戚邻居。

我记得有一次，也是将近吃中饭的时候了，母亲不在家，祖母在厅上念佛，我一个人从花坛边的石阶上，站了起来，在看大缸里的金鱼。太阳光漏过了院子里的树叶，一丝一丝地射进了水，照得缸里的水藻与游动的金鱼，和平时完全变了样子。我于惊叹之余，就伸手到了缸里，想将一丝一丝的日光捉起，看它一个痛快。上半身用力过猛，两只脚浮起来了，心里一慌，头部胸部就颠倒浸入到了缸里的水藻之中。我想叫，但叫不出声来，将身体挣扎了半天，以后就没有了知觉。等我从梦里醒转来的时候，已经是晚上了，一睁开眼，我只看见两眼哭得红肿的翠花的脸伏在我的脸上。我叫了一声："翠花！"她带着鼻音，轻轻地问我："你看见我了吗？你看得见我了吗？要不要水喝？"我只觉得身上头上像有火在烧，叫她快点把盖在那里的棉被掀开。她又轻轻地止住我说："不，不，野猫要来的！"我举目向煤油灯下一看，眼睛里起了花，一个一个的物体黑影，都变了相，真以为是身入了野猫的世界，就哗地一声大哭了起来。祖母、母亲，听见了我的哭声，也赶到房里来了，我只听见母亲吩咐翠花说："你去吃夜饭去，阿官由我来陪他!"

翠花后来嫁给了一位我小学里的先生去做填房，生了儿女，做了主母。现在也已经有了白发，成了寡妇了。前几年，我回家去，看见她刚从乡下挑了一担老玉米之类的土产来我们家里探望我的老母。和她已经有二十几年不见了，她突然看见了我，先笑了一阵，后来就哭了起来。我问她的儿子，就是我的外甥有没有和她一起进城来玩，她一边擦着眼泪，一边还向布裙袋里摸出了一个烤白芋来给我吃。我笑着接过来了，边上的人也笑了起来，大约我在她的眼里，总还只是五六岁的一个孤独的孩子。

原载一九三四年十二月五日《人间世》第十七期

“天凉好个秋”

全先生的朋友说：中国是没有救药的了，但中国是有救药得很。季陶先生说：念佛拜忏，可以救国。介石先生说：长期抵抗，可以救国。行边会议的诸先生说：九国公约，国际联盟，可以救国。汉卿先生说：不抵抗，枕戈待旦，可以救国。血魂团说：炸弹可以救国。青年党说：法雪斯蒂可以救国。这才叫，戏法人人会变，只有巧妙不同。中国是大有救药在哩，说什么没有救药？

九一八纪念，只许沉默五分钟，不许民众集团集会结社。

中国的国耻纪念日，却又来得太多，多得如天主教日历上的殉教圣贤节一样，将来再过一百年二百年，中国若依旧不亡，那说不定，一天会有十七八个国耻纪念。长此下去，中国的国民，怕只能成为哑国民了，因为五分钟五分钟地沉默起来，却也十分可观。

韩刘打仗，通电上都有理由，却使我不得不想起在乡下春联摊上，为过旧历年者所老写的一副对来，叫作：“公说公有理，婆说婆有理，大家有理。你过你新年，我过我新年，各自新年。”

百姓想做官僚军阀，官僚军阀想做皇帝，做了皇帝更想成仙。秦始皇对方士说：“世间有没有不死之药的？若有的话，那我就吃得死了都也甘心，务必为朕去采办到来！”只有没出息的文人说：“愿作鸳鸯不羡仙。”

吴佩孚将军谈仁义，郑××对李顿爵士也大谈其王道，可惜日本的参谋本部陆军省和日内瓦的国际联盟，不是孔孟的弟子。

故宫的国宝，都已被外国的收藏家收藏去了，这也是当局者很好的一个想头。因为要看的时候，中国人是仍旧可以跑上外国去看的。一个穷学生，半夜去打开当铺的门来，问当铺里现在是几点钟了？因为他那个表，是当铺里为他收藏在那里的，不就是这个意思吗？

伦敦的庚款保管购办委员会，因为东三省已被日人占去，筑路的事情搁起，铁路材料可以不必再买了，正在对余下来的钱，想不出办法来。而北平的小学教员，各地的教育经费，又在各闹饥荒。我想，若中国连本部的十八省，也送给了日人的话，岂不更好？因为庚款的余资，更可以有余，而一般的教育，却完全可以不管。

节制生育，是新马儿萨斯主义，中国军阀的济南保定等处的屠杀，中部支那的“剿匪”，以及山东等处的内战，当是新新马儿萨斯主义。甚矣哉，优生学之无用也。因为近来有人在说，“节产不对，择产为宜”，我故而想到了这一层。

有话则长，无话则短，不想再写了，来抄一首辛稼轩的《丑奴儿》词，权作尾声：“少年不识愁滋味，爱上层楼，爱上层楼，为赋新词强说愁。而今识尽愁滋味，欲说还休，欲说还休，却道天凉好个秋。”

原载《论语》一九三二年十月第三期

爱人，我的失眠让你落泪

爱人，我的失眠让你落泪，这些泪水竟然落到了我们的故事里，让我胆战心惊，让我惶恐不安，让我在最深的夜晚，那些迷蒙的知觉中苟延残喘，只有孤灯和网络数字搀扶我飘荡的灵魂，那些灵魂是你的，那些灵魂是很久以前就被你完全收走，完全放进你飘来飘去的行囊，轻轻淡淡地码放在一个角落，却无人造访。

爱人，泪水是关于失眠的所有情节的。我很幸运地无辜，因为我已经让你美好的胡搅抓住，被你调皮的蛮缠无限扩大，从你乱梦中醒来的孤单将这种扩展铺满了整个天空。所以我是万恶，我这时的一举一动都渲染了让你厌恶的色彩，你应该知道这是多么的不准确。

爱人，没有什么大不了的事。不就是失眠嘛，不就是睡觉嘛，不就是作息时间问题嘛。你要知道，在你之前很久我就被岁月一下一下锻造成这种德行，岁月伸出一只肥厚的手掌把玩我的倦意，让我黑白颠倒，昼伏夜出，已经十年了。一天一夜是改不过来的。

所以你的哭泣虽然美丽，但是虚幻，虽然忧伤，但是带有真正的喜剧色彩。我们都在一起了，很多事情我们都过来了，还怕这个吗？我对你的迷恋穿梭在这广袤的夜空，你的梦如轻纱，缓缓掠过我满布皱纹的额头。体温隔着房间相互交融，你在均匀地呼吸，我在寂静中劳作。爱人，这就是幸福。

海上通信

晚秋的太阳，只留下一金光，浮映在烟雾空蒙的西方海角。本来是黄色的海面被这夕照一烘，更加红艳得可怜了。从船尾望去，远远只见一排陆地的平岸，参差隐约地在那里对我点头。这一条陆地岸线之上，排列着许多一二寸长的桅樯细影，绝似画中的远草，依依有惜别的余情。

海上起了微波，一层一层的细浪，受了残阳的返照，一时光辉起来，飒飒的凉意，逼入人的心脾。清淡的天空，好像是离人的泪眼，周围边上，只带着一道红圈。上薄寒浅冷的时候，是泣别伤离的日暮。扬子江头，数声风笛，我又上了这天涯漂泊的轮船。

以我的性情而论，在这样的时候，正好陶醉在惜别的悲伤里，满满地享受一场感伤的甜味。否则也应该自家制造一种可怜的情调，使我自家感到自家的风尘仆仆，一事无成。若上举两事都办不到的时候，至少也应该看看海上的落日，享受享受那伟大的自然的烟景。但是这三种情怀，我一种也酿造不成，呆呆地立在龌龊杂乱的海轮中层的舱口，我的心里，只充满了几个人，才肯甘休。这愤恨的原因是在什么地方呢？一是因为上船的时候，海关上的一个下流的外国人，定要把我的书籍打开来检查，检查之后，并且想把我所崇拜的列宁的一册著作拿去。而是因为新开河口的一家买票房，收了我头等舱的船钱。骗我入了二等的舱位。

啊啊，掠夺欺骗，原是人的本性，若能达观，也不合有这一番气愤，但是我的度量却狭小得同耶稣教的上帝一样，若受者不平，总不能忍气吞声地过去。我的女人曾对我说过几次，说这是我的致命伤，但是无论如何，我总改不过这个恶习惯来。

轮船愈行愈远了，两岸的风景，一步一步地荒凉起来了，天色也垂暮了，我的怨愤，却终于渐渐地平了下去。

沫若呀，仿吾成均呀，我老实对你们说，自从你们下船上岸之后，我一直到了现在，方想起你们三人的孤凄的影子来。啊啊，我们本来是反逆时代而生者，吃苦原是前生注定的。我此番北行，你们不要以为我是为寻快乐而去，我的前途风波正多得很哩！

天色暗了下来了，我想起了家中在楼头凝望着我的女人，我想起了乳母怀中在那里咿呀学语的孩子，我更想起了几位比我们还更苦的朋友；啊啊，大海的波涛，你若能这样地把我吞咽了下去，倒好省却我的一番苦恼。我愿意化成一堆春雪，躺在五月的阳光里，我愿意代替了落花，陷入污泥深处去，我愿意背负了天下青年男女的肺痨恶疾，就在此处消灭了我的残生。

啊啊！这些感伤的咏叹，只能博得恶魔的一脸微笑，几个在资本家跟前俯伏的文人，或者将要拿了我这篇文字，去佐他们的淫乐的金樽，我不说了，我不再写了，我等那一点西方海上的红云消尽的时候，且上舱里去喝一杯白兰地吧，这是日本人所说的 Yakezake！

怀鲁迅

真是晴天的霹雳，在南台的宴会席上，忽而听到了鲁迅的死！

发出了几通电报，荟萃了一夜行李，第二天我就匆匆跳上了开往上海的轮船。

二十二日上午十时船靠了岸，到家洗了一个澡，吞了两口饭，跑到胶州路万国殡仪馆去，遇见的只是真诚的脸，热烈的脸，悲愤的脸，和千千万万将要破裂似的青年男女的心肺与紧捏的拳头。

这不是寻常的丧事，这也不是沉郁的悲哀，这正像是大地震要来，或黎明将到时充塞在天地之间的一瞬间的寂静。

生死，肉体，灵魂，眼泪，悲叹，这些问题与感觉，在此地似乎太渺小了，在鲁迅的死的彼岸，还照耀着一道更伟大、更猛烈的寂光。

没有伟大的人物出现的民族，是世界上最可怜的生物之群；有了伟大的人物，而不知拥护、爱戴、崇仰的国家，是没有希望的奴隶之邦。因鲁迅的一死，使人自觉出了民族的尚可以有为，也因鲁迅之一死，使人家看出了中国还是奴隶性很浓厚的半绝望的国家。

鲁迅的灵柩，在夜阴里被埋入浅土中去了；西天角却出现了一片微红的新月。

一九三六年十月二十四日在上海

立秋之夜

黝黑的天空里，明星如棋子似的散布在那里。比较狂猛的大风，在高处呜呜地响。马路上行人不多，但也不断。汽车过处，或天风落下来，阿斯法儿脱的路上，时时转起一阵黄沙。是穿着单衣觉得不热的时候。马路两旁永夜不熄的电灯，比前半夜减了光辉，各家店门已关上了。

两人尽默默地在马路上走。后面一个穿着一套半旧的夏布洋服，前面的穿着不流行的白纺绸长衫。他们两个原是朋友，穿着洋服的是在访一个同乡的归途，穿长衫的是从一个将赴美国的同志那里回来，二人系在马路上偶然遇着的，二人都是失业者。

"你上哪里去?"

走了一段，穿洋服的问穿长衫的说。

穿长衫的没有回话，默默地走了一段，头也不朝转来，反问穿洋服的说：

"你上啊里去?"

穿洋服的也不回答，默默地尽沿了电车线路在那里走。二人正走到一处电车停留处，后面一乘回车库去的末次电车来了。穿长衫的立下来停了一停，等后面的穿洋服的。穿洋服的慢慢走到穿长衫的身边的时侯，停下的电车又开出去了。

“你为什么不坐了这电车回去?”

穿长衫的问穿洋服的说。穿洋服的不答，却脚也不停慢慢地向前走了，穿长衫的就在后面跟着。

二人走到一处三岔路口了。穿洋服的立下来停了一停。穿长衫的走近了穿洋服的身边，脚也不停下来，仍复慢慢地前进。穿洋服的一边跟着，一边问说：

“你为什么不进这岔路回去?”

二人默默地前去，他们的影子渐渐儿离三岔路口远了下去，小了下去；过了一忽，他们的影子就完全被夜气吞没了。三岔路口，落了天风，转起了一阵黄沙。比较狂猛的风，呜呜地在高处响着。一乘汽车来了，三岔路口又转起了一阵黄沙，这是立秋的晚上。

一个人在途上

在东车站的长廊下和女人分开以后，自家又剩了孤伶仃的一个。频年漂泊惯的两口儿，这一回的离散，倒也算不得什么特别，可是端午节那天，龙儿刚死，到这时候北京城里难已起了秋风，但是计算起来，去儿子的死期，究竟还只有一百来天。在车座里，稍稍把意识恢复转来的时候，自家就想起了卢骚晚年的作品；“孤独散步者的梦想”的头上的几句话。

“自家除了己身以外，已经没有弟兄，没有邻人，没有朋友，没有社会了，自家在这世上，像这样的，已经成了一个孤独者了……”然而当年的卢骚还有弃养在孤儿院内的五个儿子，而我自己哩，连一个抚育到五岁的儿子还抓不住！

离家的远别。本来也只为想养活妻儿。去年在某大学的被逐，是万料不到的事情。其后兵乱迭起，交通阻绝，当寒冬的十月，会病倒在沪上也是谁也料想不到的。今年二月，好容易到得南方，归息了一年之半，谁知这刚养得出趣的龙儿，又会遭此凶疾呢？

龙儿的病报，本是广州得着，匆促北航，到了上海，接连接了几个北京来的电报，换船到天津，已经是旧历的五月初十。到家之夜，一见了门上的白纸条儿，心里已经是跳得忙乱，从苍茫的暮色里赶到哥哥家中，见了衰病的她，因为在大众之前，勉强将感情压住，草草吃了夜饭，上床就寝，把电灯一灭，两人只有紧抱的痛哭，痛哭，痛哭，只是痛哭，气也换不过来，更哪里有说一句话的余裕？

受苦的时间，的确脱煞过去的太悠徐，今年的夏季，只是悲叹的连续。晚上上床，两口儿，哪敢提一句话？可怜这两个迷散的灵心，在电灯灭黑的黝暗里，所摸走的荒路，每凑集在一条线上，这路的交叉点里，只有一块小小的墓碑，墓碑上只有“龙儿之墓”的四个红字。

妻儿因为在浙江老家内不能和母亲同住，不得已而搬往北京当时我在寄食的哥哥家去，是去年的四月中旬，那时候龙儿正长得肥满可爱，一举一动，处处教人欢喜。到了五月初，从某地回京，觉得哥哥家太狭小，就在什刹海的北岸，租定了一间渺小的住宅。夫妻两个，日日和龙儿伴乐，闲时也常在北海的荷花深处，及门前的杨柳中带龙儿去走走。这一年的暑假，总算过得快乐，最闲适。

秋风吹叶落的时候，别了龙儿和女人，再上某地大学去为朋友帮忙，当时他们俩还往西车站去送我来哩！这是去年秋晚的事情，想起来还同昨日的情形一样。

过了一月，某地的学校里发生事情，又回京了一次，在什刹海小住了两星期，本来打算不再出京了，然碍于朋友的面子，又不得不于一天寒风刺骨的黄昏，上西车站去乘车。这时候因为怕龙儿要哭，自己和女人，吃过晚饭，便只说要往哥哥家里去，只许他送我们到门口。记得那一天晚上他一个人和老妈子立在门口，等我们俩去了好远，还“爸爸！爸爸！”的叫了几声。啊啊，这几声的呼唤，是我在这世上听到的他叫我的最后的声音。

出京之后，到某地住了一宵，就匆促往上海。接续便染了病，遇了强盗辈的争夺政权，其后赴南方暂住，一直到今年的五月，才返北京。

想起来，龙儿实在是一个填债的儿子，是当乱离困厄的这几年中间，特来安慰我和他娘的愁闷的使者！

自从他在安庆生落地以来，我自己没有一天脱离过苦闷，没有一处安住到五个月以上。我的女人，夜夜和我分担当着十字架的重负，只是东西南北的奔波漂泊。当然日夜难安，悲苦得不了的时候，只教他的笑脸一开，女人和我就可以把一切穷愁，丢在脑后。而今年五月初十待我赶到北京的时候，他的尸体，早已在妙光阁的广谊园地下躺着了。

他的病，说是脑膜炎。自从得病之日起，一直到旧历端午节的午时绝命的时候止，中间经过有一个多月的光景。平时被我们宠坏了的他，听说此番病里，却乖顺得非常。叫他吃药，他就大口的吃，叫他用冰枕，他就很柔顺的躺上。病后还能说话的时候，只问他的娘："爸爸几时回来？""爸爸在上海为我定做的小皮鞋，已经做好了没有？"我的女人，于惑乱之余，每幽幽地问他："龙！你晓得你这一场病，会不会死的？"他老是很不愿意地回答说："哪儿会死的哩？"据女人含泪地告诉我说，他的谈吐，绝不似一个五岁的小儿。

未病之前一个月的时候，有一天午后他在门口玩要，看见西面来了一乘马车，马车里坐着一个带灰白帽子的青年。他远远看见，就急忙丢下了伴侣，跑进屋里叫他娘出来，说："爸爸回来了，爸爸回来了！"因为我去年离京时所带的，是一样的一顶白灰呢帽。他娘跟他出来到门前，马车已经过去了，他就死劲地拉住了他娘，哭喊着说："爸爸怎么不家来吓？爸爸怎么不家来吓？"他娘说慰了半天，他还尽是哭着，这也是他娘含泪和我说的。现在回想起来，自己实在不该抛弃了他们，一个人在外面流荡，致使那小小的灵心，常有望远思亲之痛。

去年六月，搬往什刹海之后，有一次我们在堤上散步，因为他看见了人家的汽车，硬是哭着要坐，被我痛打了一顿。又有一次，他是因为要穿洋服，受了我的毒打。这实在只能怪我做父亲的没有能力，不能做洋服给他穿，雇汽车给他坐，早知他要这样地早死，我就是典当强劫，也应该去弄一点钱来，满足他无邪的欲望，到现在追想起来，实在觉得对他不起，实在是我太无容人之量了。

我女人说，濒死的前五天，在病院里，叫了几夜的爸爸。她问他："叫爸爸干什么？"他又不响了，停一会儿，就又再叫起来，到了旧历五月初三日，他已入了昏迷状态，医师替他抽骨髓，他只会直叫一声："干吗？"喉头的气管，咯咯在抽咽，眼睛只往上吊送，口头流些白沫，然而一口气总不肯断。他娘哭叫几声："龙！龙！"他的眼角上，就迸流下眼泪出来，后来他娘看他苦得难过，倒对他说：

"龙，你若是没有命的，就好好地去吧！你是不是想等爸爸回来，就是你爸爸回来，也不过是这样地替你医治罢了。龙！你有什么不了的心愿呢？龙！与其这样地抽咽受苦，你还不如快快地去吧！"他听了这段话，眼角上眼泪，更是涌流得厉害。到了旧历端午节的午时，他竟等不着我的回来，终于断气了。

丧葬之后，女人搬往哥哥家里，暂住了几天。我于五月十日晚上，下车赶到什刹海的寓宅，打门打了半天，没有应声。后来抬头一看，才见了一张告示邮差送信的白纸条。

自从龙儿生病以后连日连夜看护久已倦了的她，又哪里经得起最后的这一个打击？自己当到京之后，见了她的衰容，见了她的眼泪，又哪里能够不痛哭呢？

在哥哥家里小住了两三天，我因为想追求龙儿生前的遗迹，一定要女人和我仍复搬回什刹海的住宅去住它一两个月。

搬回去那天，一进上屋的门，就见了一张被他玩破的今年正月里的花灯。听说这张花灯，是南城大姨妈送他的，因为他自家烧破了一个窟窿，他还哭过好几次来的。

其次，便是上房里砖上的几堆烧纸钱的痕迹！当他下殓时烧的。

院子有一架葡萄，两棵枣树，去年采取葡萄枣子的时候，他站在树下，兜起了大褂，仰头在看树上的我。我摘取一颗，丢入了他的大褂斗里，他的哄笑声，要继续到三五分钟，今年这两棵枣树结满了青青的枣子，风起的半夜里，老有熟极的枣子辞枝自落，女人和我，睡在床上，有时候且哭且谈，总要到更深人静，方能入睡。在这样的幽幽的谈话中间，最怕听的，就是滴答的坠枣之声。

到京的第二日，和女人去看他的坟墓。先在一家南纸铺里买了许多冥府的钞票，预备去烧送给他，直到到了妙光阁的广谊园茔地门前，她方从呜咽里清醒过来，说："这是钞票，他一个小孩如何用得呢？"就又回车转来，到琉璃厂去买了些有孔的纸钱。她在坟前哭了一阵，把纸钱钞烧化的时候，却叫着说：

“这一堆是钞票，你收在那里，待长大了的时候再用。要买什么，你先拿这一堆钱去用吧。”这一天他的坟上坐着，我们直到午后七点，太阳平西的时候，才回家来。临走的时候，他娘还哭叫着说：

“龙！龙！你一个人在这里不怕冷静的吗？龙！龙！人家若来欺你，你晚上来告诉娘吧！你怎么不想回来了呢？你怎么梦也不来托一个呢？”

箱子里，还有许多散放着的他的小衣服。今年北京的天气，到七月中旬，已经是很冷了。当微凉的早晚，我们俩都想换上几件夹衣，然而因为怕见他旧时的夹衣袍袜，我们俩却尽是一天一天地挨着，谁也不说出口来，说“要换上件夹衫”。

有一次和女人在那里睡午觉，她骤然从床上坐了起来，鞋也不拖，光着袜子，跑上了上房起坐室里，并且更掀帘跑上外面院子里去。我也莫名其妙跟着她跑到外面的时候，只见她在那里四面找寻什么。找寻不着，呆立了一会，她忽然放声哭了起来，并且抱住了我急急地追问说：“你听不听见？你听不听见？”哭完之后，她才告诉我说，在半醒半睡的中间，她听见“娘！娘！”地叫了几声，的确是龙的声音，她很坚硬地说：“的确是龙回来了。”

北京的朋友亲戚，为安慰我们起见，今年夏天常请我们俩去吃饭听戏，她老不愿意和我同去，因为去年的六月，我们无论上哪里去玩，龙儿是常和我们在一处的。

今年的一个暑假，就是这样的，在悲叹和幻梦的中间消逝了。

这一回南方来催我就道的信，过于匆促，出发之前，我觉得还有一件大事情没有做了。

中秋节前新搬了家，为修理房屋，部署杂事，就忙了一个星期，又因了种种琐事，不能抽出空来，再上龙儿的墓地去探望一回。女人上东车站来送我上车的时候，我心里尽是酸一阵痛一阵地在回念这一件恨事。有好几次想和她说出来，教她于两三日后再往妙光阁去探望一趟，但见了她的憔悴尽的颜色和苦忍住的凄楚，又终于一句话也没有讲成。

现在去北京远了，去龙儿更远了，自家只一个人，只是孤伶仃的一个人。在这里继续此生中大约是完不了的漂泊。

一九二六年十月五日在上海旅馆内

移家琐记

一

“流水不腐”，这是中国人的俗话，“Stagnant Pond”，这是外国人形容固定的颓毁状态的一个名词。在一处羁住久了，精神上习惯上，自然会生出许多霉烂的斑点来。更何况洋场米贵，狭巷人多，以我这一个穷汉，夹杂在三百六十万上海市民的中间，非但汽车、洋房、跳舞、美酒等文明的洪福享受不到，就连吸一口新鲜空气，也得走十几里路。移家的心愿，早就有了；这一回却因朋友之介，偶尔在杭城东隅租着一所适当的闲房，筹谋计算，也张罗拢了二三百块洋钱，于是这很不容易成就的戋戋私愿，竟也猫猫虎虎地实现了。小人无大志，蜗角亦乾坤，触蛮鼎定，先让我来谢天谢地。

搬来的那一天，是春雨霏微的星期二的早上，为计时日的正确，只好把一段日记抄在下面：

一九三三年四月廿五（阴历四月初一），星期二。晨，五点起床，窗外下着蒙蒙的时雨，料理行装等件，赶赴北站，衣帽尽湿。携女人儿子及一仆妇登车，在不断的雨丝中，向西进发。野景正妍，除白桃花、菜花、棋盘花外，田野里只一片嫩绿，浅淡尚带鹅黄，此番因自上海移居杭州，故行李较多，视孟东野稍为富有，沿途上落，被无产同胞的搬运夫，敲刮去了不少。午后一点到杭州城站，雨势正盛，在车上蒸干之衣帽，又涔涔湿矣。

新居在浙江图书馆侧面的一堆土山旁边，虽只东倒西斜的三间旧屋，但比起上海的一楼一底的弄堂洋房来，究竟宽敞得多了，所以一到寓居，就开始做室内装饰的工作。沙发是没有的，镜屏是没有的，红木器具、壁画纱灯，一概没有。几张板桌，一架旧书，在上海时，塞来塞去，只觉得没地方塞的这些破铜烂铁，一到了杭州，向三间连通的矮厅上一摆，看起来竟空空洞洞，像煞是沧海中间的几颗粟米了。最后装上壁去的，却是上海八云装饰设计公司送我的一块石膏圆面。塑制者是江山徐葆蓝氏，面上刻出的是圣经里马利马格大伦的故事。看来看去，在我这间黝暗矮阔的大厅摆设之中，觉得有一点生气的，就只是这一块同深山白雪似的小小的石膏。

二

向晚雨歇，电灯来了。灯光灰暗不明，问先搬来此地住的王母以“何不用个亮一点的灯球”？方才知道朝市而今虽不是秦，但杭州一隅，也决不是世外的桃源，这样要捐，那样要税，居民的负担，简直比世界哪一国的首都，都加重了；即以电灯一项来说，每一个字，在最近也无法地加上了好几成的特捐。“烽火满天殍满地，儒生何处可逃秦？”这是几年前做过的叠秦韵的两句山歌，我听了这些话后，嘴上虽则不念出来，但心里却也私地转想了好几次。腹诽若要加刑，则我这一篇琐记，又是自己招认的供状了，罪过罪过。

三更人静，门外的巷里忽传来了些笃笃笃笃的敲小竹梆的哀音。问是什么？说是卖馄饨圆子的小贩营生。往年这些担头很少，现在却冷街僻巷，都有人来卖到天明了，百业的凋敝，城市的萧条，这总也是民不聊生的一点点的实证吧？

新居落寞，第一晚睡在床上，翻来覆去，总睡不着觉。夜半挑灯，就只好拿出一本新出版的《两地书》来细读。有一位批评家说，作者的私记，我们没有阅读的义务。当时我对这话，倒也佩服得五体投地，所以书店来要我出书简集的时候，我就坚决地谢绝了，并且还想将一本为无钱过活之故而拿去出卖的日记都教他们毁版，以为这些东西，是只好于死后，让他人来替我印行的；但这次将鲁迅先生和密斯许的书简集来一读，则非但对那位批评家的信念完全失掉，并且还在这一部两人的私记里，看出了许多许多平时不容易看到的社会黑暗面来。至如鲁迅先生的诙谐愤俗的气概，许女士的诚实庄严的风度，还是在长书短简里自然流露的余音，由我们熟悉他们的人看来，当然更是味中有味，言外有情，可以不必提起，我想就是绝对不认识他们的人，读了这书至少也可以得到几多的教训，私记私记，义务云乎哉？

从半夜读到天明，将这《两地书》读完之后，已经觉得愈兴奋了，六点敲过，就率性走到楼下去洗了一洗手脸，换了一身衣服，踏出大门，打算去把这杭城东隅的侵晨朝景，看它一个明白。

三

夜来的雨，是完全止住了，可是外貌像马加弹姆式的沙石马路上，还满涨着淤泥，天上也还浮罩着一层明灰的云幕。路上行人稀少，老远老远，只看得见一部漫漫在向前拖走的人力车的后形。从狭巷里转出东街，两旁的店家，也只开了一半，连挑了菜在沿街赶早市的农民，都像是没有灌气的橡皮玩具。四周一看，萧条复萧条，衰落又衰落，中国的农村，果然是破产了，但没有实业生产机关，没有和平保障的像杭州一样的小都市，又何尝不在破产的威胁上战栗着待毙呢？中国目下的情形，大抵总是农村及小都市的有产者，集中到大都会去。在大都会的帝国主义保护之下变成殖民地的新资本家，或变成军阀官僚的附属品的少数者，总算是找着了出路。他们的货财，会愈积而愈多，同时为他们所牺牲的同胞，当然也要加速度的倍加起来。结果就变成这样的一个公式：农村中的有产者集中小都市，小都市的有产者集中大都会，等到资产花尽，而生财无道的时候，则这些素有恒产的候鸟就又得倒转来从大都会而小都市而仍返农村去做贫民。辗转循环，丝毫不爽，这情形已经继续了二三十年了，再过五年十年之后的社会状态，自然可以不卜而知了啦，社会的症结究在哪里？唯一的出路究在哪里？难道大家还不明白吗？空喊着抗日抗日，又有什么用处？

一个人在大街上踱着想着，我的脚步却于不知不觉的中间，开了倒车，几个弯儿一绕，竟又将我自己的身体，搬到了大学近旁的一条路上来了。向前面看过去，又是一堆土山。山下是平平的泥路和浅浅的池搪。这附近一带，我儿时原也来过的。二十几年前头，我有一位亲戚曾在报国寺里当过军官，更有一位哥哥，曾在陆军小学堂里当过学生。既然已经回到了寓居的附近，那就爬上山去看它一看吧，好在一晚没有睡觉，头脑还有点儿糊涂，登高望望四境，也未始不是一帖清凉的妙药。

天气也渐渐开朗起来了，东南半角，居然已经露出了几点青天和一丝白日。土山虽则不高，但眺望倒也不坏。湖上的群山，环绕的西北的一带，再北是空间，更北是湖外境内地发样的青山了。东面迢迢，看得见的，是临平山，皋亭山，黄鹤山之类的连峰叠嶂。再偏东北行，大约是唐栖上的超山山影，看去虽则不远，但走走怕也有半日好走哩。在土山上环视了一周，由远及近，用大量观察法来一算，我才明白了这附近的地理。原来我那新寓，是在军装局的北方，而三面的土山，系遥接着城墙，围绕在军装局的匡外的。怪不得今天破晓的时候，还听见了一阵喇叭的吹唱，怪不得走出新寓的时候，还看见了一名荷枪直立的守卫士兵。

“好得很！好得很！……”我心里在想，“前有图书，后有武库，文武之道，备于此矣！”我心里虽在这样地自作有趣，但一种没落的感觉，一种不能再在大都会里插足的哀思，竟渐渐地渐渐地溶浸了我的全身。

雨

周作人先生名其书斋曰“苦雨”，恰正与东坡的喜雨亭名相反。其实，北方的雨，却都可喜，因其难得之故。像今年那么大的水灾，也并不是雨多的必然结果；我们应该责备治河的人，不事先预防，只晓得糊涂搪塞，虚糜国帑，一旦有事，就互相推诿，但救目前。人生万事，总得有个变换，方觉有趣；生之于死，喜之于悲，都是如此，推及天时，又何尝不然？无雨哪能见晴之可爱，没有夜也将看不出昼之光明。

我生长江南，按理是应该不喜欢雨的；但春日暝蒙，花枝枯竭的时候，得几点微雨，又是一位多么可爱的事情！“小楼一夜听春雨”，“杏花春雨江南”，“天街细雨润如酥”，从前的诗人，早就先我说过了。夏天的雨，可以杀暑，可以润禾，它的价值的大，更可以不必再说。而秋雨的霏微凄冷，又是别一种境地，昔人所谓“雨到深秋易作霖，萧萧难会此时心”的诗句，就在说秋雨的耐人寻味。至于秋女士的“秋雨秋风愁煞人”的一声长叹，乃别有怀抱者的托词，人自愁耳，何关雨事。三冬的寒雨，爱的人恐怕不多。但“江关雁声来渺渺，灯昏宫漏听沉沉”的妙处，若非身历其境者决领悟不到。记得曾宾谷曾以《诗品》中语名诗，叫作《赏雨茅屋斋诗集》。

他的诗境如何，我不晓得，但“赏雨茅屋”这四个字，真是多么地有趣！尤其是到了冬初秋晚，正当“苍山寒气深，高林霜叶稀”的时节。

原载一九三五年十月二十七日《立报·言林》

预言与历史

中国在每一次动乱的时候，总有许多预言——或者也可以说是谣言——出来，有的是古本的翻印，有的是无意识的梦呓。这次倭寇来侵，沪杭、平津、冀晋的妇孺老幼，无故遭难，非战斗死伤数目，比兵士——战斗员——数目要多数倍，所以又是刘伯温、李淳风的得意之秋了：叫什么“嘉湖作战潮”啦，“末劫在泉唐”啦，之类。以形势来看，倭寇的不从乍浦及扬子江上游登陆，包袭上海，却是必然之势。不过前些日子，倭寇伪称关外有变，将华北大兵，由塘沽抽调南下，倒是吾人所意料不到的事情。而平汉、津浦的两路，乘现在敌势正虚的时候，还不能节节进取，如吾人之所预计一般的成功，也是吾人所难以解答的疑问。在这些情形之下，于是乎有预言。

预言倒也并不是中国独有的国粹，外国的军事学家、科学家、文学家，从历史的演化里脱胎，以科学为根据，对近五十年中的预言却也有不少。归纳起来，总说是世界大战，必不能免，中国先必受难，而到了一九四〇年前后，就可以翻身，收最后胜利的，必然是美国。

外国邵康节，当然不会比中国鬼谷子更加可靠，只是中国的预言，纯系出乎神秘，而外国的预言，大多系根据于历史及科学的推算，两者稍有不同。

可是神秘的中国民族，往往有超出科学的事情做出来，从好的方面讲，如忍耐的程度，远在外国人之上，就是一例。更就坏的方面讲，缺点可多了，而最大的一点，就在于太信天命，不肯自强。譬如有人去算命，星者说他一年后必一定大富大贵，他在这一年里，就先不去努力，俨然摆起大富大贵的架子来了，结果，不致饿死，也必冻煞。大而至于民族，也是一样，现在到一九四〇年，足足还有三个年头，若只靠了外国人的预言，而先就不知不觉地自满起来，说不定到了一九五〇年，也还不会翻身。九国公约会议，似乎是外国预言的一个应验，但一面意德日协定，也是一个相反的应验。

常识大家斯迈侯尔氏，引古语说“天助自助者”。这虽不是预言，但从历史上的例证看来，这却是实话。所以，我们只有坚竖高垒，忍苦抗战，一面致意于后方的生产，一面快设法打通一条和外国交通的出路之一法。

原载1937年11月17日福州《小民报》

志摩在回忆里

新诗传宇宙，竟尔乘风归去，同学同庚，老友如君先宿草。

华表托精灵，何当化鹤重来，一生一死，深闺有妇赋招魂。

这是我托杭州陈紫荷先生代作代写的一副挽志摩的挽联。陈先生当时问我和志摩的关系，我只说他是我自小的同学，又是同年，此外便是他这一回的很适合他身份的死。

做挽联我是不会做的，尤其是文言的对句。而陈先生也想了许多成句，如“高处不胜寒”，“犹是深闺梦里人”之类，但似乎都寻不出适当的上下对，所以只成了上举的一联。这挽联的好坏如何，我也不晓得，不过我觉得文句做得太好，对仗对得太工，是不大适合于哀挽的本意的。悲哀的最大表示，是自然的目瞪口呆，僵若木鸡的那一种样子，这我在小曼夫人当初次接到志摩的凶耗的时候曾经亲眼见到过。其次是抚棺的一哭，这我在万国殡仪馆中，当日来吊的许多志摩的亲友之间曾经看到过。至于哀挽诗词的工与不工，那却是次而又次的问题了；我不想说志摩是如何如何地伟大，我不想说他是如何如何地可爱，我也不想说我因他之死而感到怎么怎么的悲哀，我只想把在记忆里的志摩来重描一遍，因而再可以想见一次他那副凡见过他一面的人谁都不容易忘去的面貌与音容。

大约是在宣统二年（一九一〇）的春季，我离开故乡的小市，去转入当时的杭府中学读书，——上一期似乎是在嘉兴府中读的，终因路远之故而转入了杭府——那时候府中的监督，记得是邵伯炯先生，寄宿舍是大方伯的图书馆对面。

当时的我，是初出茅庐的一个十四岁未满的乡下少年，突然间闯入了省府的中心，周围万事看起来都觉得新异怕人。所以在宿舍里，在课堂上，我只是诚惶诚恐，战战兢兢，同蜗牛似的蜷伏着，连头都不敢伸一伸出壳来。但是同我的这一种畏缩态度正相反的，在同一级同一宿舍里，却有两位奇人在跳跃活动。

一个是身体生得很小，而脸面却是很长，头也生得特别大的小孩子。我当时自己当然总也还是一个小孩子，然而看见了他，心里却老是在想，“这顽皮小孩，样子真生得奇怪”，仿佛我自己已经是一个大孩似的。还有一个日夜和他在一块，最爱做种种淘气的把戏，为同学中间的爱戴集中点的，是一个身材长得相当地高大，面上也已经满示着成年的男子的表情，由我那时候的心里猜来，仿佛是年纪总该在三十岁以上的大人，——其实呢，他也不过和我们上下年纪而已。

他们俩，无论在课堂上或在宿舍里，总在交头接耳地密谈着，高笑着，跳来跳去，和这个那个闹闹，结果却终于会出其不意地做出一件很轻快很可笑很奇特的事情来吸收大家的注意的。

而尤其使我惊异的，是那个头大尾巴小，戴着金边近视眼镜的顽皮小孩，平时那样地不用功，那样地爱看小说——他平时拿在手里的总是一卷有光纸上印着石印细字的小本子——而考起来或作起文来却总是分数得得最多的一个。

像这样地和他们同住了半年宿舍，除了有一次两次也上了他们一点小当之外，我和他们终究没有发生什么密切一点的关系；后来似乎我的宿舍也换了，除了在课堂上相聚在一块之外，见面的机会更加少了。年假之后第二年的春天，我不晓为了什么，突然离去了府中，改入了一个现在似乎也还没有关门的教会学校。从此之后，一别十余年，我和这两位奇人——一个小孩，一个大人——终于没有遇到的机会。虽则在异乡漂泊的途中，也时常想起当日的旧事，但是终因为周围环境的迁移激变，对这微风似的少年时候的回忆，也没有多大的留恋。

民国十三四年——一九二三、四年——之交，我混迹在北京的软红尘里；有一天风定日斜的午后，我忽而在石虎胡同的松坡图书馆里遇见了志摩。仔细一看，他的头，他的脸，还是同中学时候一样发育得分外地大，而那矮小的身材却不同了，非常之长大了，和他并立起来，简直要比我高一二寸的样子。

他的那种轻快磊落的态度，还是和孩时一样，不过因为历尽了欧美的游程之故，无形中已经锻炼成了一个长于社交的人了。笑起来的时候，可还是同十几年前的那个顽皮小孩一色无二。

从这年后，和他就时时往来，差不多每礼拜要见好几次面。他的善于座谈，敏于交际，长于吟诗的种种美德，自然而然地使他成了一个社交的中心。当时的文人学者，达官丽姝，以及中学时候的倒霉同学，不论长幼，不分贵贱，都在他的客座上可以看得到。不管你是如何心神不快的时候，只教经他用了他那种浊中带清的洪亮的声音，“喂，老×，今天怎么样？什么什么怎么样了？”地一问，你就自然会把一切的心事丢开，被他的那种快乐的光耀同化了过去。

正在这前后，和他一次谈起了中学时候的事情，他却突然地呆了一呆，张大了眼睛惊问我说：

“老李你还记得起记不起？他是死了哩！”

这所谓老李者，就是我在头上写过的那位顽皮大人，和他一道进中学的他的表哥哥。

其后他又去欧洲，去印度，交游之广，从中国的社交中心扩大而成为国际的。于是美丽宏博的诗句和清新绝俗的散文，也一年年地积多了起来。一九二七年的革命之后，北京变了北平，当时的许多中间阶级者就四散成了秋后的落叶。有些飞上了天去，成了要人，再也没有见到的机会了，有些也竟安然地在牖下到了黄泉；更有些，不死不生，仍复在歧路上徘徊着，苦闷着，而终于寻不到出路。是在这一种状态之下，有一天在上海的街头，我又忽而遇见志摩：“喂，这几年来你躲在什么地方？”

兜头的一喝，听起来仍旧是他那一种洪亮快活的声气。在路上略谈了片刻，一同到了他的寓里坐了一会，他就拉我一道到了大赉公司的轮船码头。因为午前他刚接到了无线电报，诗人太果尔回印度的船系定在午后五时左右靠岸，他是要上船去看看这老诗人的病状的。

当船还没有靠岸，岸上的人和船上的人还不能够交谈的时候，他在码头上的寒风里立着——这时候似乎已经是秋季了——静静地呆呆地对我说：

“诗人老去，又遭了新时代的摈斥，他老人家的悲哀，正是孔子的悲哀。”

因为太果尔这一回是新从美国日本去讲演回来，在日本在美国都受了一部分新人的排斥，所以心里是不十分快活的；并且又因年老之故，在路上更染了一场重病。志摩对我说这几句话的时候，双眼呆看着远处，脸色变得青灰，声音也特别地低。我和志摩来往了这许多年，在他脸上看出悲哀的表情来的事情，这实在是最初也便是最后的一次。

从这一回之后，两人又同在北京的时候一样，时时来往了。可是一则因为我的疏懒无聊，二则因为他跑来跑去地教书忙，这一两年间，和他聚谈时候也并不多。今年的暑假后，他于去北平之先曾大宴了三日客。头一天喝酒的时候，我和董任坚先生都在那里。董先生也是当时杭府中学的旧同学之一，席间我们也曾谈到了当时的杭州。在他遇难之前，从北平飞回来的第二天晚上，我也偶然地，真真是偶然地，闯到了他的寓里。

那一天晚上，因为有许多朋友会聚在那里的缘故，谈谈说说，竟说到了十二点过。临走的时候，还约好了第二天晚上的后会才兹分散。但第二天我没有去，于是就永久失去了见他的机会了，因为他的灵柩到上海的时候是已经欽歙好了来的。

男人之中，有两种人最可以羡慕。一种是像高尔基一样，活到了六七十岁，而能写许多有声有色的回忆文的老寿星，其他的一种是如叶赛宁一样的光芒还没有吐尽的天才夭折者。前者可以写许多文学史上所不载的文坛起伏的经历，他个人就是一部纵的文学史。后者则可以要求每个同时代的文人都写一篇吊他哀他或评他骂他的文字，而成一部横的放大的文苑传。

现在志摩是死了，但是他的诗文是不死的，他的音容状貌可也是不死的，除非要等到认识他的人老老少少一个个都死完的时候为止。

一九三一年十二月十一日

［附记］上面的一篇回忆写完之后，我想想，想想，又在陈先生代做的挽联里加入了一点事实，缀成了下面的四十二字：

三卷新诗，廿年旧友，与君同是天涯，只为佳人难再得。

一声河满，九点齐烟，化鹤重归华表，应愁高处不胜寒。

一九三一年十二月十九日

书塾与学堂

从前我们学英文的时候，中国自己还没有教科书，用的是一册英国人编了预备给印度人读的同纳氏文法是一路的读本。这读本里，有一篇说中国人读书的故事。插画中画着一位年老背曲拿烟管带眼镜拖辫子的老先生坐在那里听学生背书，立在这先生前面背书的，也是一位拖着长辫的小后生。不晓为什么原因，这一课的故事，对我印象特别地深，到现在我还约略谙诵得出来。里面曾说到中国人读书的奇习，说："他们无论读书背书时，总要把身体东摇西扫，摇动得像一个自鸣钟的摆。"这一种读书背书时摇摆身体的作用与快乐，大约是没有在从前的中国书塾里读过书的人所永不能了解的。

我的初上书塾去念书的年龄，却说不清理了，总在七八岁的样子；只记得有一年冬天的深夜，在烧年纸的时候，我已经有点朦胧想睡了，尽在擦眼睛，打呵欠，忽而门外来了一位提着灯笼的老先生，说是来替我开笔的。我跟着他上了香，对孔子的神位行了三跪九叩之礼；立起来就在香案前面的一张桌上写了一张上大人的红字，念了四句"人之初，性本善"的《三字经》。第二年的春天，我就夹着绿布书包，拖着红丝小辫，摇摆着身体，成了那册英文读本里的小学生的样子了。

经过了三十余年的岁月，把当时的苦痛，一层层地摩擦干净，现在回想起来，这书塾里的生活，实在是快活得很。因为要早晨坐起一直坐到晚的缘故，可以助消化、健身体的运动，自然只有身体的死劲摇摆与放大喉咙的高叫了。大小便，是学生们监禁中暂时的解放，故而厕所就变作了乐园。我们同学中间的一位最淘气的，是学官陈老师的儿子，名叫陈方；书塾就系附设在学宫里面的。陈方每天早晨，总要大小便十二三次。后来弄得光生没法，就设下了一支令签，凡须出塾上厕所的人，一定要持签而出；于是两人同去，在厕所里捣鬼的弊端革去了，但这令签的争夺，又成了一般学生们的唯一的娱乐。

陈方比我大四岁，是书塾里的头脑；像春香闹学似的把戏，总是由他发起，由许多虾兵蟹将来演出的，因而先生的挞伐，也以落在他一个人的头上者居多。不过同学中间的有几位狡滑的人，诿过于他，使他冤枉被打的事情也着实不少；他明知道辩不清的，每次替人受过之后，总只张大了两眼，滴落几滴大泪点，摸摸头上的痛处就了事。我后来进了当时由书院改建的新式的学堂，而陈方也因他父亲的去职而他迁，一直到现在，还不曾和他有第二次见面的机会；这机会大约是永也不会再来了，因为国共分家的当日，在香港仿佛曾听见人说起过他，说他的那一种惨死的样子，简直和杜格纳夫所描写的卢亭，完全是一样。

由书塾而到学堂！这一个转变，在当时的我的心里，比从天上飞到地上，还要来得大而且奇。其中的最奇之处，是我一个人，在全校的学生当中，身体年龄，都属最小的一点。

当时的学堂，是一般人的崇拜和惊异的目标。将书院的旧考棚撤去了几排，一间像鸟笼似的中国式洋房造成功的时候，甚至离城有五六十里路远的乡下人，都成群结队，带了饭包雨伞，走进城来挤看新鲜。在校舍改造成功的半年之中，“洋学堂”的三个字，成了茶店酒馆，乡村城市里的谈话的中心；而穿着奇形怪状的黑斜纹布制服的学堂生，似乎都是万能的张天师，人家也在侧目面视，自家也在暗鸣得意。

一县里唯一的这县立高等小学堂的堂长，更是了不得的一位大人物，进进出出，用的是蓝呢小轿：知县请客，总少不了他。每月第四个礼拜六下午作文课的时候，县官若来监课，学生们特别有两个肉馒头好吃；有些住在离城十余里的乡下的学生，于文课作完后回家的包裹里，往往将这两个肉馒头包得好好，带回乡下去送给邻里尊长，并非想学颍考叔的纯孝，却因为这肉馒头是学堂里的东西，而又出于知县官之所赐，吃了是可以驱邪启智的。

实际上我的那一班学堂里的同学，确有几位是进过学的秀才，年龄都在三十左右；他们穿起制服来，因为背形微驼，样子有点不大雅观，但穿了袍子马褂，摇摇摆摆走回乡下去的态度，如另有着一种堂皇严肃的威仪。

初进县立高等小学堂院那一年年底，因为我的平均成绩，超出了八十分以上，突然受了堂长和知县的提拔，令我和四位其他的同学跳过了一班，升入了高两年的级里；这一件极平常的事情，在县城里居然也耸动了视听，而在我们的家庭里，却引起了一场很不小的风波。

是第二年春天开学的时候了，我们的那位寡母，辛辛苦苦，调集了几块大洋的学费书籍费缴进学堂去后，我向她又提出了一个无理的要求，硬要她去为我买一双皮鞋来穿。在当时的我的无邪的眼里，觉得在制服下穿上一双皮鞋，挺胸伸脚，得得得得地在石板路大走去，就是世界上最光荣的事情；跳过了一班，升进了一级的我，非要如此打扮，才能够压服许多比我大一半年龄的同学的心。为凑集学费之类，已经罗掘得精光的我那位母亲，自然是再也没有两块大洋的余钱替我去买皮鞋了，不得已就只好老了面皮，带着了我，上大街上的洋广货店里去赊去；当时的皮鞋，是由上海运来，在洋广货店里寄售的。

一家，两家，三家，我跟了母亲，从下街走起，一直走到了上街尽处的那一家隆兴字号。店里的人，看我们进去，先都非常客气，摸摸我的头，一双一双的皮鞋拿出来替我试脚；但一听到了要赊欠的时候，却同样地都白了眼，作一脸苦笑，说要去问账房先生的。而各个账房先生，又都一样地板起了脸，放大了喉咙，说是赊欠不来。到了最后那一家隆兴里，惨遭拒绝赊欠的一瞬间，母亲非但涨红了脸，我看见她的眼睛，也有点红起来了。不得已只好默默地旋转了身，走出了店；我也并无言语，跟在她的后面走回家来。到了家里，她先掀着鼻涕，上楼去了半天；后来终于带了一大包衣服，走下楼来了，我晓得她是将从后门走出，上当铺去以衣服抵押现钱的；这时候，我心酸极了，哭着喊着，赶上了后门边把她拖住，就绝命地叫说：

“娘，娘！您别去吧！我不要了，我不要皮鞋穿了！那些店家！那些可恶的店家！”

我拖住了她跪向了地下，她也呜呜地放声哭了起来。两人的对泣，惊动了四邻，大家都以为是我得罪了母亲，走拢来相劝。我愈听愈觉得悲哀，母亲也愈哭愈是厉害，结果还是我重赔了不是，由间壁的大伯伯带走，走上了他们的家里。

自从这一次的风波以后，我非但皮鞋不着，就是衣服用具，都不想用新的了。拼命地读书，拼命地和同学中的贫苦者相往来，对有钱的人，经商的人仇视等，也是从这时候而起的。当时虽还只有十一二岁的我，经了这一番波折，居然有起老成人的样子来了，直到现在，觉得这一种怪癖的性格，还是改不转来。

到了我十三岁的那一年冬天，是光绪三十四年，皇帝死了；小小的这富阳县里，也来了哀诏，发生了许多议论。熊成基的安徽起义，无知幼弱的溥仪的入嗣，帝室的荒淫，种族的歧异等等，都从几位看报的教员的口里，传入了我们的耳朵。而对于我印象最深的，是一位国文教员拿给我们看的报纸上的一张青年军官的半身肖像。他说，这一位革命义士，在哈尔滨被捕，在吉林被满清的大员及汉族的卖国奴等生生地杀掉了；我们要复仇，我们要努力用功。所谓种族，所谓革命，所谓国家等等的概念，到这时候，才隐约地在我脑里生了一点儿根。

水样的春愁

洋学堂里的特殊科目之一，自然是伊利哇拉的英文。现在回想起来，虽不免有点觉得好笑，但在当时，杂在各年长的同学当中，和他们一样地曲着背，耸着肩，摇摆着身体，用了读《古文辞类纂》的腔调，高声朗诵着皮衣啤，皮哀排的精神，却真是一点儿含糊苟且之处都没有的。初学会写字母之后。大家所急于想一试的，是自己的名字的外国写法；于是教英文的先生，在课余之暇就又多了一门专为学生拼英文名字的工作。有几位想走捷径的同学，并且还去问过先生，外国百家姓和外国三字经有没有得买的？先生笑着回答说，外国百家姓和三字经，就只有你们在读的那一本泼刺玛的时候，同学们于失望之余，反更是皮哀排、皮衣啤地叫得起劲。当然是不用说的，学英文还没有到一个礼拜，几本当教料书用的《十三经注疏》《御批通鉴辑览》的黄封面上，大家都各自用墨水笔题上了英文拼的歪斜的名字。又进一步，便是用了异样的发音，操英文说着“你是一只狗”“我是你的父亲”之类的话，大家互讨便宜地混战；而实际上，有几位乡下的同学，却已经真的是两三个小孩子的父亲了。

因为一班之中，我的年龄算最小，所以自修室里，当监课的先生走后，另外的同学们在密语着哄笑着的关于男女的问题，我简直一点儿也感不到兴趣。从性知识发育落后的一点上说，我确不得不承认自己是一个最低能的人。又因自小就习于孤独，困于家境的结果，怕羞的心，畏缩的性，更使我的胆量，变得异常地小。在课堂上，坐在我左边的一位同学，年纪只比我大了一岁，他家里有几位相貌长得和他一样美的姊妹，并且住得也和学堂很近很近。因此，在校里，他就是被同学们苦缠得最厉害的一个；而礼拜天或假日，他的家里，就成了同学们聚集的地方。当课余之暇，或放假期里，他原也恳切地邀过我几次，邀我上他家里去玩去；促形秽之感，终于把我的向往之心压住，曾有好几次想决心跳了他上他家去，可是到了他们的门口，却又同罪犯似的逃了。他以他的美貌，以他的财富和姊妹，不但在学堂里博得了绝大的声势，就是在我们那小小的县城里，也赢得了一般的好誉。而尤其使我羡慕的，是他的那一种对同我们是同年辈的异性们的周旋才略，当时我们县城里的几位相貌比较艳丽一点的女性，个个是和他要好的，但他也实在真胆大，真会取巧。

当时同我们是同年辈的女性，装饰入时，态度豁达，为大家所称道的，有三个。一个是一位在上海开店，富甲一邑的商人赵某的侄女；她住得和我最近。还有两个，也是比较富有的中产人家的女儿，在交通不便的当时，已经各跟了她们家里的亲戚，到杭州上海等地方去跑跑了；她们俩，却都是我那位同学的邻居。这三个女性的门前，当傍晚的时候，或月明的中夜，老有一个一个的黑影在徘徊；这些黑影的当中，有不少却是我们的同学。因为每到礼拜一的早晨，没有上课之先，我老听见有同学们在操场上笑说在一道，并且时时还高声地用着英文作了隐语，如“我看见她了!”“我听见她在读书”之类。而无论在什么地方于什么时候的凡关于这一类的谈话的中心人物，总是课堂上坐在我的右边，年龄只比我大一岁的那一位天之骄子。

赵家的那位少女，皮色实在细白不过，脸形是瓜子脸；更因为她家里有了几个钱，而又时常上上海她叔父那里去走动的缘故，衣服式样的新异，自然可以不必说，就是做衣服的材料之类，也都是当时未开通的我们所不曾见过的。她们家里，只有一位寡母和一个年轻的女仆，而住的房子却很大很大。门前是一排柳树，柳树下还杂种着些鲜花；对面的一带红墙，是学宫的泮水围墙，泮池上的大树，枝叶垂到了墙外，红绿便映成着一色。当浓春将过，首夏初来的春三四月，脚踏着日光下石砌路上的树影，手捉着扑面飞舞的杨花，到这一条路上去走走，就是没有什么另外的奢望，也很有点像梦里的游行，更何况楼头窗里，时常会有那一张少女的粉脸出来向你抛一眼两眼的低眉斜视呢！此外的两个女性，相貌更是完整，衣饰也尽够美丽，并且因为她俩的住址接近，出来总在一道，平时在家，也老在一处，所以胆子也大，认识的人也多。她们在二十余年前的当时，已经是开放得很，有点像现代的自由女子了，因而上她们家里去鬼混，或到她们门前去守望的青年，数目特别地多，种类也自然要杂。

我虽则胆量很小，性知识完全没有，并且也有点过分的矜持，以为成日地和女孩子们混在一道，是读书人的大耻，是没出息的行为；但到底还是一个亚当的后裔，喉头的苹果，怎么也吐它不出咽它不下，同北方厚雪地下的细草萌芽一样，到得冬来，自然也难免得有些望春之意；老实说将出来，我偶尔在路上遇见她们中间的无论哪一个，或凑巧在她们门前走过一次的时候，心里也着实有点儿难受。

住在我那同学邻近的两位，因为距离的关系，更因为她们的处世知识比我长进，人生经验比我老成得多，和我那位同学当然是早已有过纠葛，就是和许多不分学生的青年男子，也各已有了种种的风说，对于我虽像是一种含有毒汁的妖艳的花，诱惑性或许格外的强烈，但明知我自己决不是她们的对手，平时不过于遇见的时候有点难以为情的样子，此外倒也没有什么了不得的思慕，可是那一位赵家的少女，却整整地恼乱了我两年的童心。

我和她的住处比较得近，故而三日两头，总有着见面的机会。见面的时候，她或许是无心，只同对于其他的同年辈的男孩子打招呼一样，对我微笑一下，点一点头，但在我却感得同犯了大罪被人发觉了的样子，和她见面一次，马上要变得头昏耳热，胸腔里的一颗心突突地总有半个钟头好跳。因此，我上学去或下课回来；以及平时在家或出外去的时候，总无时无刻不在留心，想避去和她的相见。但遇到了她，等她走过去后，或用功用得很疲乏把眼睛从书本子举起的一瞬间，心里又老在盼望，盼望着她再来一次，再上我的眼面前来立着对我微笑一脸。

有时候从家中进出的人的口里传来，听说“她和她母亲又上上海去了，不知要什么时候回来”，我心里会同时感到一种像深重负又像失去了什么似的忧虑，生怕她从此一去，将永久地不回来了。

同芭蕉叶似的重重包裹着的我这一颗无邪的心，不知在什么地方，透露了消息，终于被课堂上坐在我左边的那位同学看穿了。一个礼拜六的下午，落课之后，他轻轻地拉着了我的手对我说："今天下午，赵家的那个小丫头，要上倩儿家去，你愿不愿意和我同去一道玩儿?"这里所说的倩儿，就是那两位他邻居的女孩子之中的一个的名字。我听了他的这一句密语，立时就涨红了脸，喘急了气，嗫嚅着说不出一句话来回答他，尽在拼命地摇头，表示我不愿意去，同时眼睛里也水汪汪地想哭出来的样子；而他却似乎已经看破了我的隐衷，得着了我的同意似的用强力把我拖出了校门。

到了倩儿她们的门口，当然又是一番争执，但经他大声的一喊，门里的三个女孩，却同时笑着跑出来了；已经到了她们的面前，我也没有什么别的办法了，自然只好俯着首，红着脸，同被绑赴刑场的死刑囚似的跟她们到了室内。经我那位同学带了滑稽的声调将如何把我拖来的情节说了一遍之后，她们接着就是一阵大笑。我心里有点气起来了，以为她们和他在侮辱我，所以于羞愧之上，又加了一层怒意。但是奇怪得很，两只脚却软落来了，心里虽在想一溜跑走，而腿神经终于不听命令。跟她们再到客房里去坐下，看他们四人捏起了骨牌，我连想跑的心思也早已忘掉，坐将在我那位同学的背后，眼睛虽则时时在注视着牌，但间或得着机会，也着实向她们的脸部偷看了许多次数。等她们的输赢赌完，一餐东道的夜饭吃过，我也居然和她们伴熟，有说有笑了。临走的时候，倩儿的母亲还派了我一个差使，点上灯笼，要我把赵家的女孩送回家去。自从这一回后，我也居然入了我那同学的伙，不时上赵家和另外的两女孩家去进出了；可是生来胆小，又加以毕业考试的将次到来，我的和她们的来往，终没有像我那位同学似的繁密。

正当我十四岁的那一年春天（一九〇九，宣统元年已酉），是旧历正月十三的晚上，学堂里于白天给与了我以毕业文凭及增生执照之后，就在大厅上摆起了五桌送别毕业生的酒宴。这一晚的月亮好得很，天气也温暖得像二三月的样子。满城的爆竹，是在庆祝新年的上灯佳节，我于喝了几杯酒后，心里也感到了一种不能抑制的欢欣。出了校门，踏着月亮，我的双脚，便自然而然地走向了赵家。她们的女仆陪她母亲上街去买蜡烛水果等过元宵的物品去了，推门进去，我只见她一个人拖着了一条长长的辫子，坐在大厅上的桌子边上洋灯底下练习写字，听见了我的脚步声音，她头也不朝转来，只曼声地问了一声："是谁?"我故意屏着声，提着脚，轻轻地走上了她的背后，一使劲一口就把她面前的那盏洋灯吹灭了。月光如潮水似的浸满了这一座朝南的大厅，她于一声高叫之后，马上就把头朝我转来。我在月光里看见了她那张大理石似的嫩脸，和黑水晶似的眼睛，觉得怎么也熬忍不住了，顺势就伸出了两只手去，捏住了她的手臂。两人的中间，她也不发一语，我也并无一言，她是扭转了身坐着，我是向她立着的。她只微笑着看看我看看月亮，我也只微笑着看看她看看中庭的空处，虽然此处的动作，轻薄的邪念，明显的表示，一点儿也没有，但不晓怎样一般满足，深沉，陶醉的感觉，竟同四周的月光一样，包满了我的全身。

两人这样的在月光里沉默着相对，不知过了多久，终于她轻轻地开始说话了："今晚上你在喝酒?""是的，是在学堂里喝的。”到这里我才放开了两手，向她边上的一张椅子里坐了下去。“明天你就要上杭州去考中学去吗？”停了一会，她又轻轻地问了一声。“嗳，是的，明朝坐快班船去。”两人又沉默着，不知坐了几多时候，忽听见门外头她母亲和女仆说话的声音渐渐儿地近了，她于是就忙着立起来擦洋火，点上了洋灯。

她母亲进到了厅上，放下了买来的物品，先向我说了些道贺的话，我也告诉了她，明天将离开故乡到杭州去；谈不上半点钟的闲话，我就匆匆告辞出来了。在柳树影里披了月光走回家来，我一边回味着刚才在月光里和她两人相对时的沉醉似的恍惚，一边在心的底里，忽儿又感到了一点极淡极淡，同水一样的春愁。

一月五日

我的梦，我的青春！

不晓得是在哪一本俄国作家的作品里，曾经看到过一段写一个小村落的文字，他说："譬如有许多纸折起来的房子，摆在一段高的地方，被大风一吹，这些房子就歪歪斜斜地飞落到了谷里，紧挤在一道了。"前面有一条富春江绕着，东西北的三面尽是些小山包住的富阳县城，也的确可以借了这一段文字来形容。

虽则是一个行政中心的县城，可是人家不满三千，商店不过百数；一般居民，全不晓得做什么手工业，或其他新式的生产事业，所靠以度日的，有几家自然是祖遗的一点田产，有几家则专以小房子出租，在吃两元三元一月的租金；而大多数的百姓，却还是既无恒产，又无恒业，没有目的，没有计划，只同蟑螂似的在那里出生，死亡，繁殖下去。

这些蟑螂的密集之区，总不外乎两处地方：一处是三个铜子一碗的茶店，一处是六个铜子一碗的小酒馆。他们在那里从早晨坐起，一直可以坐到晚上上排门的时候；讨论柴米油盐的价格，传播东邻西舍的新闻，为了一点不相干的细事，譬如说吧，甲以为李德泰的煤油只卖三个铜子一提，乙以为是五个铜子两提的话，双方就会得争论起来；此外的人，也马上分成甲党或乙党提出证据，互相论辩；弄到后来，也许相打起来，打得头破血流，还不能够解决。

因此，在这么小的一个县城里，茶店酒馆，竟也有五六十家之多；于是大部分的蟑螂，就家里可以不备面盆手巾，桌椅板凳，饭锅碗筷等日常用具，而悠悠地生活过去了。离我们家里不远的大江边上，就有这样的两处蟑螂之窗。

在我们的左面，住有一家砍砍柴，卖卖菜，人家死人或娶亲，去帮帮忙跑跑腿的人家。他们的一族，男女老小的人数很多很多，而住的那一间屋，却只比牛栏马槽大了一点。他们家里的顶小的一位苗裔年纪比我大一岁，名字叫阿千，冬天穿的是同伞似的一堆破絮，夏天，大半身是光光地裸着的；因而皮肤黝黑，臂膀粗大，脸上也像是生落地之后，只洗了一次的样子。他虽只比我大了一岁，但是跟了他们屋里的大人，茶店酒馆日日去上，婚丧的人家，也老在进出；打起架吵起嘴来，尤其勇猛。我每天见他从我们的门口走过，心里老在羡慕，以为他又上茶店酒馆去了，我要到什么时候，才可以同他一样地和大人去夹在一道呢！而他的出去和回来，不管是在清早或深夜，我总没有一次不注意到的，因为他的喉音很大，有时候一边走着，一边在绝叫着和大人谈天，若只他一个人的时候哩，总在噜苏地唱戏。

当一天的工作完了，他跟了他们家里的大人，一道上酒店去的时候，看见我欣羡地立在门口，他原也曾邀约过我；但一则怕母亲要骂，二则胆子终于太小，经不起那些大人的盘问笑说，我总是微笑着摇摇头，就跑进屋里去躲开了，为的是上茶酒店去的诱惑性，实在强不过。

有一天春天的早晨，母亲上父亲的坟头去扫墓去了，祖母也一侵早上了一座远在三四里路外的庙里去念佛。翠花在灶下收拾早餐的碗筷，我只一个人立在门口，看有淡云浮着的青天。忽而阿千唱着戏，背着钩刀和小扁担绳索之类，从他的家里出来，看了我的那种没精打采的神气，他就立了下来和我谈天，并且说：

“鹳山后面的盘龙山上，映山红开得多着哩；并且还有乌米饭（是一种小黑果子）、彤管子（也是一种刺果）、刺莓等等，你跟了我来吧，我可以采一大堆给你。你们奶奶，不也在北面山脚下的真觉寺里念佛吗？等我砍好了柴，我就可以送你上寺里去吃饭去。”

阿千本来是我所崇拜的英雄，而这一回又只有他一个人去砍柴，天气那么地好，今天侵早祖母出去念佛的时候，我本是嚷着要同去的，但她因为怕我走不动，就把我留下了。现在一听到了这一个提议，自然是心里急跳了起来，两只脚便也很轻松地跟他出发了，并且还只怕翠花要出来阻挠，跑路跑得比平时只有得快些。出了弄堂，向东沿着江，一口气跑出了县城之后，天地宽广起来了，我的对于这一次冒险的惊惧之心就马上被大自然的威力所压倒。这样问问，那样谈谈，阿千真像是一部小小的自然界的百科大辞典，而到盘龙山脚去的一段野路，便成了我最初学自然科学的模范小课本。

麦已经长得有好几尺高了，麦田里的桑树，也都发出了绒样的叶芽。晴天里舒叔叔的一声飞鸣过去的，是老鹰在觅食；树枝头叽叽喳喳，似在打架又像是在谈天的，大半是麻雀之类；远处的竹林丛里，既有抑扬，又带余韵，在那里歌唱的，才是深山的画眉。

上山的路旁，一拳一拳像小孩子的拳头似的小草，长得很多；拳的左右上下，满长着了些绎黄的绒毛，仿佛是野生的虫类，我起初看了，只在害怕，走路的时候，若遇到一丛，总要绕一个弯，让开它们，但阿千却笑起来了，他说：

“这是薇蕨，摘了去，把下面的粗干切了，炒起来吃，味道是很好的哩！”

渐走渐高了，山上的青红杂色，迷乱了我的眼目。日光直射在山坡上，从草木泥土里蒸发出来的一种气息，使我呼吸感到了困难；阿千也走得热起来了，把他的一件破夹袄一脱，丢向了地下。教我在一块大石上坐下息着，他一个人穿了一件小衫唱着戏去砍柴采野果去了；我回身立在石上，向大江一看，又深深地得到了一种新的惊异。

这世界真大呀！那宽广的水面！那澄碧的天空！那些上下的船只，究竟是从哪里来，上哪里去的呢？

我一个人立在半山的大石上，近看看有一层阳炎在颤动着的绿野桑田，远看看天和水以及淡淡的青山，渐听得阿千的唱戏声音幽下去远下去了，心里就莫名其妙地起了一种渴望与愁思。我要到什么时候才能大起来呢？我要到什么时候才可以到这像在天边似的远处去呢？到了天边，那么我的家呢？我的家里的人呢？同时感到了对远处的遥念与对乡井的离愁，眼角里便自然而然地涌出了热泪。到后来，脑子也昏乱了，眼睛也模糊了，我只呆呆地立在那块大石上的太阳里做幻梦。我梦见有一只揩擦得很洁净的船，船上面张着了一面很大很饱满的白帆，我和祖母母亲翠花阿千等都在船上，吃的东西，唱着戏，顺流下去，到了一处不相识的地方。我又梦见城里的茶店酒馆，都搬上山来了，我和阿千便在这山上的酒馆里大喝大嚷，旁边的许多大人，都在那里惊奇仰视。

这一种接连不断的白日之梦，不知做了多少时候，阿千却背了一捆小小的草柴，和一包刺莓映山红乌米饭之类的野果，回到我立在那里的大石边来了；他脱下了小衫，光着了脊肋，那些野果就系包在他的小衫里面的。

他提议说，时候不早了，他还要砍一捆柴，且让我们吃着野果，先从山腰走向后山去吧，因为前山的草柴，已经被人砍完，第二捆不容易采刮拢来了。

慢慢地走到了山后，山下的那个真觉寺的钟鼓声音，早就从春空里传送到了我们的耳边，并且一条青烟，也刚从寺后的厨房里透出了屋顶。向寺里看了一眼，阿千就放下了那捆柴，对我说："他们在烧中饭了，大约离吃饭的时候也不很远，我还是先送你到寺里去吧！"

我们到了寺里，祖母和许多同伴者的念佛婆婆，都张大了眼睛，惊异了起来。阿千走后，她们就开始问我这一次冒险的经过，我也感到了一种得意，将如何出城，如何和阿千上山采集野果的情形，说得格外地详细。后来坐上桌去吃饭的时候，有一位老婆婆问我："你大了，打算去做些什么？"我就毫不迟疑地回答她说："我愿意去砍柴！"

故乡的茶店酒馆，到现在还在风行热闹，而这一位茶店酒馆里的小英雄，初次带我上山去冒险的阿千，却在一年涨大水的时候，喝醉了酒，淹死了。他们的家族，也一个个地死的死、散的散，现在没有生存者了；他们的那一座牛栏似的房屋，已经换过了两三个主人。时间是不饶人的，盛衰起灭也绝对地无常的：阿千之死，同时也带去了我的梦，我的青春！

远一程，再远一程！

自富阳到杭州，陆路驿程九十里，水道一百里；三十多年前头，非但汽车路没有，就是钱塘江里的小火轮，也是没有的。那时候到杭州去一趟，乡下人叫作充军，以为杭州是和新疆伊犁一样地远，非犯下流罪，是可以不去的极边。因而到杭州去之先，家里非得供一次祖宗，虔诚祷告一番不可，意思是要祖宗在天之灵，一路上去保护着他们的子孙。而邻里戚串，也总都来送行，吃过夜饭，大家手提着灯笼，排成一字，沿江送到夜航船停泊的埠头，齐叫着“顺风！顺风！”才各回去。摇夜航船的船夫，也必在开船之先，沿江绝叫一阵，说船要开了，然后再上舵梢去烧一堆纸帛，以敬神明，以赂恶鬼。当我去杭州的那一年，交通已经有一点进步了，于夜航船之外，又有了一次日班的快班船。

因为长兄已去日本留学，二兄入了杭州的陆军小学堂，年假是不放的，祖母母亲，又都是女流之故，所以陪我到杭州去考中学的人选，就落到了一位亲戚的老秀才的头上。这一位老秀才的迂腐迷信，实在要令人吃惊，同时也可以令人起敬。他于早餐吃了之后，带着我先上祖宗堂前头去点了香烛，行了跪拜，然后再向我祖母母亲，作了三个长揖，虽在白天，也点起了一盏仁寿堂郁的灯笼，临行之际，还回到祖宗堂面前去拔起了三株柄香和灯笼一道捏在手里。祖母为忧虑着我这一个最小的孙子，也将离乡别井，远去杭州之故，三日前就愁眉不展，不大吃饭不大说话了；母亲送我们到了门口，“一路要……顺风……顺风！……”地说了半句未完的话，就跑回到了屋里去躲藏，因为出远门是要吉利的，眼泪决不可以教远行的人看见。

船开了，故乡的城市山川，高低摇晃着渐渐儿退向了后面；本来是满怀着希望，兴高采烈在船舱里坐着的我，到了县城极东面的几家人家也看不见的时候，鼻子里忽而起了一阵酸溜。正在和那老秀才谈起的作诗的话，也只好突然中止了，为遮掩着自己的脆弱起见，我就从网篮里拿出了几册《古唐诗合解》来读。但事不凑巧，信手一翻，恰正翻到了“离家日趋远，衣带日趋缓，心思不能言，肠中车轮转”的几句古歌，书本上的字迹模糊起来了，双颊上自然止不住地流下了两条冷冰冰的眼泪。歪倒了头，靠住了舱板上的一卷铺盖，我只能装作想睡的样子。但是眼睛不闭倒还好些，等眼睛一闭拢来，脑子里反而更猛烈地起了狂飙。我想起了祖母母亲，当我走后的那一种孤冷的情形；我又想起了在故乡城里当这一忽儿的大家的生活起居的样子，在一种每日习熟的周围环境之中，却少了一分“我”了，太阳总依旧在那里晒着，市街上总依旧是那么热闹的；最后，我还想起了赵家的那个女孩，想起了昨晚上和她在月光里相对的那一刻的春宵。

少年的悲哀，毕竟是易消的春雪；我躺下身体，闭上眼睛，流了许多暗泪之后，弄假成真，果然不久就呼呼地熟睡了过去。等那位老秀才摇我醒来，叫我吃饭的时候，船却早已过了渔山，就快入钱塘的境界了。几个钟头的安睡，一顿饱饭的快啖和船篷外的山水景色的变换，把我满抱的离愁，洗涤得干干净净；在孕实的风帆下引领远望着杭州的高山，和老秀才谈谈将来的日子，我心里又鼓起了一腔勇进的热意："杭州在望了，以后就是不可限量的远大的前程！"

当时的中学堂的入学考试，比到现在，着实还要容易；我考的杭府中学，还算是杭州三个中学——其他的两个，是宗文和安定——之中，最难考的一个，但一篇中文，两三句英文的翻译，以及四题数学，只教有两小时的工夫，就可以缴卷了事的。等待发榜之前的几日闲暇，自然落得去游游山玩玩水，杭州自古是佳丽的名区，而西湖又是可以比得西子的销魂之窟。

三十年来，杭州的景物，也大变了；现在回想起来，觉得旧日的杭州，实在比现在，还要可爱得多。

那时候，自钱塘门里起，一直到涌金门内止，城西的一角，是另有一道雉墙围着的，为满人留守绿营兵驻防的地方，叫作旗营；平常是不大有人进去，大约门禁总也是很森严的无疑，因为将军以下，千总把总以上，参将，都司，游击，守备之类的将官，都住在里头。游湖的人，只有换了轿子，出钱塘门，或到涌金门外去船的两条路；所以涌金门外临湖的颐园三雅园的几家茶馆，生意兴隆，座客常常挤满。而三雅园的陈设，实在也精雅绝伦，四时有鲜花的摆设，墙上门上，各有咏西湖的诗词屏幅联语等贴的贴挂的挂在那里。并且还有小吃，像煮空的豆腐干、白莲藕粉等，又是价廉物美的消闲食品。其次为游人所必到的，是城隍山了。四景园的生意，有时候比三雅园还要热闹，“城隍山上去吃酥油饼”这一句俗话，当时是无人不晓得的一句隐语，是说乡下人上大菜馆要做洋盘的意思。而酥油饼的价钱的贵，味道的好，和吃不饱的几种特性，也是尽人皆知的事实。

我从乡下初到杭州，而又同大观园里的香菱似的刚在私私地学做诗词，一见了这一区假山盆景似的湖山，自然快活极了；日日和那位老秀才及第二位哥哥喝喝茶、爬爬山，等到榜发之后，要缴学膳费进去的时候，带来的几个读书资本，却早已消费了许多，有点不足了。在人地生疏的杭州，借是当然借不到的；二哥哥的陆军小学里每月只有二元也不知三元钱的津贴，自己做零用，还很勉强，更哪里有余钱来为我弥补？

在旅馆里唉声叹气，自怨自艾，正想废学回家，另寻出路的时候，恰巧和我同班毕业的三位同学，随从富阳到杭州来了；他们是因为杭府中学难考，并且费用也贵，预备一道上学膳费比较便宜的嘉兴去进府中的。大家会聚拢来一谈一算，觉着我手头所有的钱，在杭州果然不够读半年书，但若上嘉兴去，则连来回的车费也算在内，足可以维持半年而有余。穷极计生，胆子也放大了，当日我就决定和他们一道上嘉兴去读书。

第二天早晨，别了哥哥，别了那位老秀才，和同学们一起四个，便上了火车，向东的上离家更远的嘉兴府去。在把杭州已经当作极边看了的当时，到了言语风习完全不同的嘉兴府后，怀乡之念，自然是更加地迫切。半年之中，当寝室的油灯灭了，或夜膳刚毕，操场上暗沉沉没有旁的同学在的地方，我一个人真不知流尽了多少的思家的热泪。

忧能伤人，但忧亦能启智；在孤独的悲哀里沈浸了半年，暑假中重回到故乡的时候，大家都说我长成得像一个大人了。事实上，因为在学堂里，被怀乡的愁思所苦扰，我没有别的办法好想，就一味地读书，一味地做诗。并且这一次自嘉兴回来，路过杭州，又住了一日；看看袋里的钱，也还有一点盈余，湖山的赏玩，当然不再去空费钱了，从梅花碑的旧书铺里，我竟买来了一大堆书。

这一大堆书里，对我的影响最大，使我那一年的暑假期，过得非常快活的，有三部书，一部是黎城勒氏的《吴诗集览》，因为吴梅村的夫人姓郁，我当时虽则还不十分懂得他的诗的好坏，但一想到他是和我们郁氏有姻戚关系的时候，就莫名其妙地感到了一种亲热。一部是无名氏编的《庚子拳匪始末记》，这一部书，从戊戌政变说起，说到六君子的被害，李莲英的受宠，联军的入京，圆明园的纵火等地方，使我满肚子激起了义愤。还有一部，是署名曲阜鲁阳生孔氏编定的《普天忠愤集》，甲午前后的章奏议论，诗词赋颂等慷慨激昂的文章，收集得很多；读了之后，觉得中国还有不少的人才在那里，亡国大约是不会亡的。而这三部书读后的一个总感想，是恨我出世得太迟了，前既不能见吴梅村那样的诗人，和他去做个朋友，后又不曾躬逢着甲午庚子的两次大难，去冲锋陷阵地尝一尝打仗的滋味。

这一年的暑假过后，嘉兴是不想再去了：所以秋期始业的时候，我就仍旧转入了杭府中学的一年级。